PAULO COELHO

Adulterio

 Planeta

Título original: *Adultério*

Diseño de la portada: © Compañía (lookatcia.com)
Imagen de la portada: © Ingram Publishing

© Paulo Coelho, 2014
http://paulocoelhoblog.com/
Esta edición ha sido publicada de acuerdo con Sant Jordi Asociados, Agencia Literaria,
S.L.U., Barcelona, España. www.santjordi-asociados.com

© de la traducción, Ana Belén Costas, 2014

© Editorial Planeta, S. A., 2014
Av. Diagonal, 662-664, 08034 Barcelona (España)
www.editorial.planeta.es
www.planetadelibros.com

Primera edición: agosto de 2014

ISBN: 978-84-08-13258-5

Oh, María, sin pecado concebida,

ruega por nosotros, que recurrimos a Ti. Amén.

Lleva la barca mar adentro.

LUCAS 5, 4

Todas las mañanas, al abrir los ojos para ver el «nuevo día», me apetece cerrarlos otra vez y no levantarme de la cama. Pero es necesario.

Tengo un marido maravilloso, perdidamente enamorado de mí, propietario de un importante fondo de inversión y que todos los años —aunque no le gusta— figura en la lista de las trescientas personas más ricas de Suiza, según la revista *Bilan*.

Tengo dos hijos que son «la razón de mi vida» (como dicen mis amigas). Muy temprano por la mañana tengo que prepararles el desayuno y llevarlos al colegio —a cinco minutos de casa andando—, donde estudian a tiempo completo, lo cual me permite trabajar y ocupar mi jornada. Después de clase, una niñera filipina cuida de ellos hasta que mi marido y yo llegamos a casa.

Me gusta mi trabajo. Soy una reputada periodista en un respetado periódico que puede encontrarse en casi cada esquina de Ginebra, donde vivimos.

Una vez al año voy de vacaciones con mi familia, por lo general a lugares paradisíacos, con playas maravillosas, en ciudades «exóticas» y con una población pobre que nos hace sentir aún más ricos, privilegiados y agradecidos por las bendiciones que la vida nos ha dado.

Todavía no me he presentado. Encantada, me llamo Linda. Tengo treinta y un años, mido 1,75, peso 68 kilos y me visto con la mejor ropa que el dinero puede comprar (gracias a la generosidad sin límites de mi marido). Despierto el deseo en los hombres y la envidia en las mujeres.

Sin embargo, todas las mañanas, al abrir los ojos y ver este mundo ideal con el que todo el mundo sueña y pocos pueden alcanzar, sé que el día será un desastre. Hasta principios de este año no me cuestionaba nada, simplemente seguía adelante con mi vida, aunque a veces me sintiera culpable por tener más de lo que merezco. Un bonito día, mientras preparaba el desayuno para todos (recuerdo que era primavera y las flores empezaban a brotar en nuestro jardín), me pregunté: «Entonces ¿es esto?».

No debería haberme hecho esa pregunta. Pero la culpa fue de un escritor que había entrevistado el día anterior y que, en determinado momento, me dijo: «No tengo el menor interés en ser feliz. Prefiero vivir de forma apasionada, lo cual es un peligro porque nunca se sabe lo que nos vamos a encontrar más adelante».

Entonces pensé: «Pobre. Nunca está satisfecho. Morirá triste y amargado».

Al día siguiente me di cuenta de que yo no corría riesgo alguno.

Sé lo que me voy a encontrar más adelante: otro día exactamente igual que el anterior. ¿De forma apasionada? Bueno, amo a mi marido, lo cual es una garantía de que no voy a caer en una depresión por verme obligada a vivir con alguien solo por cuestiones económicas, por los niños o por las apariencias.

Vivo en el país más seguro del mundo, todo en mi vida está en orden, soy una buena madre y esposa. Recibí una estricta educación protestante y trato de dársela a mis hijos. No doy ningún paso en falso porque sé que puedo echarlo todo a perder. Lo hago todo con la máxima eficiencia y con una implicación personal mínima. Cuando era más joven sufrí por amores no correspondidos, como cualquier persona normal.

Pero, desde que me casé, el tiempo se detuvo.

Hasta que me encontré con ese maldito escritor y su respuesta. A ver, ¿qué hay de malo en la rutina o en el hastío?

Para ser honesta, absolutamente nada. Solo...

... solo el terror secreto a que todo cambie de un momento a otro, cogiéndome completamente desprevenida.

Desde el momento en que tuve ese pensamiento nefasto una mañana maravillosa, empecé a tener miedo. ¿Sería capaz de enfrentarme al mundo sola si mi marido muriese? Sí, me respondí a mí misma, porque su herencia sería suficiente para mantener a varias generaciones. Y si muriera yo, ¿quién cuidaría de mis hijos? Mi adorado marido. Aunque acabaría casándose con otra, porque es rico, encantador e inteligente. ¿Estarían mis hijos en buenas manos?

Mi primer paso fue tratar de responder a todas mis dudas. Y, cuantas más contestaba, más preguntas surgían: ¿se buscará una amante cuando yo sea vieja? ¿Tendrá ya a alguien, porque no hacemos el amor como antes? ¿Pensará que tengo a alguien por no haber mostrado mucho interés en los últimos tres años?

Nunca discutimos por celos, y eso me parecía genial, pero a partir de aquella mañana de primavera empecé a sospechar que se trataba de una falta absoluta de amor por ambas partes.

Hice todo lo posible para no pensar más en el tema.

Durante una semana, al salir del trabajo, iba a comprar algo a la rue du Rhône. Nada especial, pero al menos sentía, digamos, que algo estaba cambiando. Al necesitar alguna cosa que antes no necesitaba. Al descubrir un electrodoméstico que no conocía, aunque sea muy difícil que surja alguna novedad en el reino de los electrodomésticos. Evitaba entrar en tiendas para niños para no echar a perder a mis hijos con demasiados regalos. Tampoco iba a tiendas de productos para hombres para que mi marido no sospechara de mi exceso de generosidad.

Cuando llegaba a casa y entraba en el reino encantado de mi mundo particular, todo parecía maravilloso durante tres o cuatro horas, hasta que todos se iban a dormir. Entonces, poco a poco se fue instalando la pesadilla.

Pienso que la pasión es para los jóvenes y que su ausencia debe de ser normal a mi edad. No es eso lo que me asusta.

Hoy, algunos meses después, soy una mujer dividida entre el terror a que todo cambie y el terror a que todo siga igual el resto de mi vida. Alguna gente dice que, a medida que se acerca el verano, empezamos a tener ideas un poco raras, nos sentimos más pequeños porque pasamos más tiempo al aire libre y eso nos da la dimensión del mundo. El horizonte queda más lejos, más allá de las nubes y de las paredes de casa.

Puede ser. Pero no duermo bien, y no es por culpa del calor. Cuando llega la noche y nadie me ve, me asusto por todo: la vida, la muerte, el amor y su ausencia, el hecho de que todas las novedades se están convirtiendo en hábitos, la sensación de que estoy perdiendo los mejores años de mi vida en una rutina que va a seguir repitiéndose hasta que me muera, y el pánico a enfrentarme a lo desconocido, por más emocionante y aventurero que sea.

Naturalmente, trato de consolarme con el sufrimiento de los demás.

Enciendo el televisor, veo un telediario cualquiera. Escucho una gran cantidad de noticias sobre accidentes, damnificados por fenómenos naturales, refugiados. ¿Cuánta gente enferma hay en el planeta en este momento? ¿Cuántos sufren, en silencio o a gritos, injusticias y traiciones? ¿Cuántos pobres, desempleados y presos hay?

Cambio de canal. Veo una telenovela o una película y me distraigo durante unos minutos o durante unas horas. Me muero de miedo por si mi marido se despierta y me pregunta: «¿Qué pasa, mi amor?», porque tendría que contestarle que no pasa nada. Peor sería, tal como ocurrió dos o tres veces el mes pasado, si en cuanto nos acostásemos decidiera poner la mano en mi muslo, subirla muy lentamente hacia arriba y empezar a tocarme. Puedo fingir el orgasmo, ya lo he hecho muchas veces, pero no puedo simplemente decidir ponerme húmeda.

Tendría que decir que estoy exhausta, y él, sin confesar jamás que le fastidia, me daría un beso, se volvería hacia el otro lado, vería las últimas noticias en su tableta y esperaría al día siguiente. Y entonces yo rezaría para que estuviese cansado, muy cansado.

Pero no siempre es así. De vez en cuando tengo que tomar la iniciativa. No puedo rechazarlo dos noches seguidas o acabará buscándose una amante, y no quiero perderlo, de ninguna manera. Masturbándome un poco, puedo estar húmeda antes, y todo vuelve a la normalidad.

Todo vuelve a la normalidad significa «Nada va a ser como antes», como cuando todavía éramos un misterio el uno para el otro.

Mantener el mismo fuego después de diez años de matrimonio me parece algo raro. Y cada vez que finjo placer con el sexo, me muero un poco por dentro. ¿Un poco? Creo que me estoy muriendo más deprisa de lo que pensaba.

Mis amigas piensan que tengo suerte, porque les miento diciéndoles que hacemos el amor con frecuencia, igual que ellas me mienten a mí diciendo que no saben cómo sus maridos pueden seguir sintiendo el mismo interés. Afirman que el sexo en el matrimonio solo es placentero durante los cinco primeros años y que, a partir de entonces, es necesario un poco de «fantasía». Cerrar los ojos e imaginar que tu vecino está encima de ti, haciendo cosas que tu marido jamás se atrevería a hacer. Imaginar que te poseen él y tu marido al mismo tiempo, todas las perversiones posibles y todos los juegos prohibidos.

Hoy, al salir para llevar a los niños al colegio, me he quedado mirando a mi vecino. Nunca lo he imaginado encima de mí; prefiero pensar en un joven reportero que trabaja conmigo y aparenta un permanente estado de sufrimiento y soledad. Nunca lo he visto tratando de seducir a nadie y ahí radica, precisamente, su encanto. Todas las mujeres de la redacción han comentado alguna vez que «les gustaría cuidarlo, pobrecito». Pienso que él es consciente de ello y se conforma con ser un simple objeto de deseo, nada más. Tal vez siente lo mismo que yo: un miedo terrible a dar un paso adelante y estropearlo todo, su trabajo, su familia, su vida pasada y futura.

Pero en fin... Esta mañana he observado a mi vecino y he sentido muchas ganas de llorar. Él estaba lavando el coche y he pensado: «Mira, una persona como mi marido y como yo. Llegará un día en que haremos lo mismo. Los niños habrán crecido y se habrán mudado a otra ciudad o incluso a otro país, y nosotros estaremos jubilados lavando nuestros coches, aunque podamos pagar a alguien para que lo haga por nosotros». Sin embargo, después de cierta edad, es importante hacer cosas irrelevantes para pasar el tiempo, para demostrarles a los demás que nuestro cuerpo todavía funciona bien, que aún sabemos lo que es el dinero y que seguimos realizando ciertas tareas con humildad.

Un coche limpio no marcará una gran diferencia en el mundo. Pero esta mañana era lo único que le importaba a mi vecino. Él me ha deseado un buen día, ha sonreído y ha vuelto a su trabajo, como si cuidara de una escultura de Rodin.

Dejo el coche en un aparcamiento («¡Utilice el transporte público hasta el centro! ¡Basta de contaminar el medio ambiente!»), cojo el autobús de siempre y voy viendo las mismas cosas de camino al trabajo. Ginebra parece no haber cambiado nada desde que yo era una niña: las antiguas casas señoriales insisten en permanecer entre los edificios construidos por algún alcalde loco que descubrió la «nueva arquitectura» en la década de los años cincuenta.

Siempre que viajo echo esto de menos. Ese mal gusto, la falta de grandes torres de vidrio y acero, la ausencia de autovías, las raíces de árboles reventando el cemento de las aceras y haciéndonos tropezar todo el tiempo, los jardines públicos con misteriosas vallas de madera donde crece todo tipo de hierba, porque «la naturaleza es así»... En fin, una ciudad diferente de todas las demás que se han modernizado y que han perdido el encanto.

Aquí todavía damos los buenos días cuando nos cruzamos con un desconocido y decimos «hasta luego» al salir de una tienda en la que hemos comprado una botella de agua mineral, aunque no tengamos intención de volver nunca más. También hablamos con extraños en el autobús, aunque el resto del mundo piense que los suizos somos discretos y reservados.

¡Qué idea tan equivocada! Pero es bueno que piensen así, porque de esa manera podremos conservar nuestro estilo de vida durante cinco o seis siglos más, antes de que las invasiones bárbaras atraviesen los Alpes con sus maravillosos equipos electrónicos, pisos de habitaciones pequeñas y salones grandes para impresionar a los invitados, mujeres demasiado maquilladas, hombres que hablan demasiado alto y molestan a los vecinos, y adolescentes que se visten con rebeldía pero se mueren de miedo ante lo que su padre y su madre dicen.

Que piensen que solo criamos vacas y producimos queso, chocolate y relojes. Que crean que hay un banco en cada esquina de Ginebra. No nos interesa lo más mínimo cambiar esa opinión. Somos felices sin las invasiones bárbaras. Estamos todos armados hasta los dientes; como el servicio militar es obligatorio, cada suizo tiene un rifle en casa, pero casi nunca se da el caso de que alguien decida dispararle a otra persona.

Somos felices sin cambiar nada desde hace siglos. Nos sentimos orgullosos de haber permanecido neutrales cuando Europa envió a sus hijos a guerras sin sentido. Nos alegra no tener que darle explicaciones a nadie sobre el aspecto poco atractivo de Ginebra, con sus cafés de finales del siglo XIX y sus señoras mayores caminando por la ciudad.

«Somos felices» tal vez sea una afirmación falsa. Todo el mundo es feliz menos yo, que en este momento me dirijo al trabajo pensando qué me pasa.

Un día más y otra vez el periódico se esfuerza por encontrar noticias interesantes más allá de los habituales accidentes de tráfico, atracos (sin ser a mano armada) e incendios (hacia donde se desplazan decenas de vehículos con personal altamente cualificado que inunda un viejo piso porque la humareda de un asado olvidado en el horno ha asustado a todo el mundo).

Otra vez de vuelta en casa, el placer de cocinar, la mesa puesta y la familia reunida en torno a ella, dando gracias a Dios por los alimentos que recibimos. Otra noche en la que, después de la cena, cada uno se va por su lado: el padre va a ayudar a sus hijos con los deberes, y la madre se encarga de limpiar la cocina, ordenar la casa y dejar el dinero para la asistenta, que vendrá por la mañana temprano.

Durante estos meses ha habido momentos en los que he estado muy bien. Creo que mi vida tiene sentido, que ese es el papel del ser humano en la Tierra. Los niños se dan cuenta de que su madre está en paz, el marido es más amable y cariñoso, y toda la casa parece tener luz propia. Somos un ejemplo de felicidad para el resto de la calle, de la ciudad, del estado (que aquí llamamos *cantón*), del país.

Y de repente, sin ninguna explicación razonable, me meto en la ducha y me saltan las lágrimas. Lloro en la ducha porque así nadie puede oír mis sollozos y hacerme la pregunta que más detesto oír: «¿Estás bien?».

Sí, ¿por qué no habría de estarlo? ¿Veis algo mal en mi vida?

Nada.

Solo la noche que me aterra.

El día que veo sin entusiasmo alguno.

Las imágenes felices del pasado y las cosas que podrían haber sido y no fueron.

El deseo de aventura jamás emprendido.

El terror de no saber qué va a ser de mis hijos.

Y entonces mis pensamientos empiezan a girar en torno a las cosas negativas, siempre las mismas, como si un demonio estuviese al acecho en un rincón de la habitación, para saltar sobre mí y decirme que lo que yo llamaba *felicidad* era solo un estado de ánimo pasajero que no podía durar mucho. Siempre lo has sabido, ¿verdad?

Quiero cambiar. Necesito cambiar. Hoy en el trabajo me he enfadado más que de costumbre solo porque un becario ha tardado en encontrar el material que le había pedido. Yo no soy así, pero poco a poco estoy perdiendo contacto conmigo misma.

Es una tontería culpar a ese escritor y su entrevista. Eso fue hace meses. Él simplemente destapó la boca de un volcán que puede estallar en cualquier momento y sembrar muerte y destrucción a su alrededor. Si no hubiese sido él, habría sido una película, un libro, alguien con quien intercambié dos o tres palabras. Pienso que hay personas que pasan años dejando que la presión se acumule en su interior, sin darse cuenta, y un día cualquier tontería los hace perder la cabeza.

Entonces dicen: «Basta. No lo soporto más».

Algunos se suicidan. Otros se divorcian. También están los que se marchan a las zonas pobres de África y tratan de salvar el mundo.

Pero yo me conozco. Sé que mi única reacción va a ser reprimir lo que siento hasta que un cáncer me consuma por dentro. Porque realmente creo que gran parte de las enfermedades son el resultado de emociones reprimidas.

Me despierto a las dos de la mañana y me quedo mirando el techo, aun sabiendo que al día siguiente tengo que madrugar, algo que simplemente detesto. En lugar de pensar en alguna cosa productiva como «qué me está pasando», simplemente no puedo controlar las ideas. Hay días, aunque pocos, gracias a Dios, que me pregunto si debería ir a un hospital psiquiátrico en busca de ayuda. Lo que me lo impide no es mi trabajo ni mi marido, sino los niños. No pueden darse cuenta de lo que siento, de ninguna manera.

Todo es más intenso. Vuelvo a pensar en un matrimonio, el mío, en el que los celos nunca han formado parte de ninguna discusión. Pero nosotras, las mujeres, tenemos un sexto sentido. Tal vez mi marido ha encontrado a otra y yo me estoy dando cuenta de ello inconscientemente. Sin embargo, no hay razón alguna para sospechar de él.

¿No es absurdo? ¿Acaso, de todos los hombres del mundo, fui a casarme con el único que es absolutamente perfecto? No bebe, no sale por la noche, no tiene un día fijo para quedar con sus amigos. Su vida se reduce a la familia.

Sería un sueño si no fuese una pesadilla. Porque tengo la gran responsabilidad de corresponderlo.

Entonces me doy cuenta de que palabras como *optimismo* y *esperanza*, que aparecen en todos los libros que tratan de transmitirnos seguridad y prepararnos para la vida, no son más que eso: palabras. Puede que los sabios que las pronunciaron les buscaran un sentido y nos utilizaran como cobayas para ver cómo reaccionábamos ante ese estímulo.

En realidad, estoy cansada de tener una vida feliz y perfecta. Y eso solo puede ser síntoma de una enfermedad mental.

Me duermo pensando en ello. Quién sabe, a lo mejor tengo algún problema serio.

Voy a comer con una amiga.

Sugirió que quedásemos en un restaurante japonés del que nunca he oído hablar, lo cual es raro, porque me encanta la comida japonesa. Me aseguró que el sitio era excelente, aunque queda un poco lejos de mi trabajo.

Fue difícil llegar. Tuve que coger dos autobuses y buscar a alguien que me indicase dónde está la galería donde queda ese «excelente restaurante». Me parece horrible: la decoración, las mesas con servilletas de papel, sin vistas. Pero tiene razón: es una de las mejores comidas que he probado en Ginebra.

—Yo siempre almorzaba en el mismo restaurante, creía que era aceptable, pero nada especial —dice—. Hasta que un amigo mío que trabaja en la embajada de Japón me sugirió este. El sitio me pareció horrible, como a ti, supongo. Pero son los propios dueños los que llevan el local, y eso marca toda la diferencia.

«Yo siempre voy a los mismos restaurantes y pido los mismos platos», pienso. Ni para algo así me atrevo ya a arriesgar.

Mi amiga toma antidepresivos. Lo último que quiero es hablar con ella acerca de eso, porque hoy he llegado a la conclusión de que estoy a un paso de la enfermedad y no quiero aceptarlo.

Y precisamente por haberme dicho a mí misma que eso sería lo último que querría hacer, es lo primero que hago. La tragedia ajena siempre nos ayuda a disminuir nuestro sufrimiento.

Le pregunto cómo se siente.

—Mucho mejor. Aunque las pastillas tardan en hacer efecto, en cuanto empiezan a actuar en nuestro organismo recuperamos el interés por las cosas, que vuelven a tener color y sabor.

Es decir: el sufrimiento se ha convertido en una fuente de beneficios para la industria farmacéutica. ¿Estás triste? Toma esta pastilla y tus problemas desaparecerán.

Con delicadeza, trato de averiguar si le interesa colaborar en un gran artículo sobre la depresión para el periódico.

—No vale la pena. La gente ahora comparte todos sus sentimientos en internet. Y hay pastillas.

¿De qué se habla en internet?

—De los efectos secundarios de las pastillas. A nadie le interesan los síntomas de los demás, porque pueden ser contagiosos. De repente podemos empezar a sentir algo que no sentíamos antes.

¿Nada más?

—Ejercicios de meditación. Aunque no creo que den mucho resultado. Los he probado todos, pero no mejoré hasta que decidí aceptar que tenía un problema.

Pero ¿saber que no estás sola no ayuda? ¿Hablar de lo que se siente debido a la depresión no es bueno para todo el mundo?

—De ninguna manera. El que ha salido del infierno no tiene el menor interés en saber cómo van las cosas allí dentro.

¿Por haber pasado tantos años en ese estado?

—Porque yo no creía que pudiera estar deprimida. Y porque cuando lo comentaba contigo o con otras amigas todas decíais que era una tontería, que la gente que realmente tiene problemas no tiene tiempo para sentirse deprimida.

Es cierto, realmente lo dije.

11

Insisto: un artículo o una entrada en un blog pueden ayudar a la gente a soportar la enfermedad y a buscar ayuda. Como yo no estoy deprimida y no sé cómo es —enfatizo—, ¿no podría, al menos, hablarme un poco sobre el tema?

Ella duda. Pero es mi amiga y tal vez desconfíe.

—Es como estar en una trampa. Sabes que estás atrapada pero no puedes...

Era exactamente lo que yo pensaba un par de días antes.

Empieza a enumerar una serie de cosas que parecen comunes a todos los que ya han visitado lo que ella ha llamado *infierno*. Falta de voluntad para levantarse de la cama. Las tareas más simples se convierten en esfuerzos hercúleos. El sentimiento de culpa por no tener ninguna razón para sentirse así, mientras que mucha gente en el mundo sufre de verdad.

Trato de concentrarme en la excelente comida, que a estas alturas ya casi ha perdido el sabor. Mi amiga sigue:

—Apatía. Fingir alegría, fingir tristeza, fingir orgasmos, fingir que uno se está divirtiendo, fingir que has dormido bien, fingir que vives. Hasta que llega un momento en que aparece una línea roja imaginaria y comprendes que, si la cruzas, no habrá vuelta atrás. Entonces dejas de quejarte, porque quejarse significa que al menos estás luchando contra algo. Aceptas el estado vegetativo y tratas de ocultarlo ante todos. Lo cual supone mucho trabajo.

Y ¿qué te provocó la depresión?

—Nada en particular. Pero ¿por qué tantas preguntas? ¿Sientes algo de eso?

¡Por supuesto que no!

Es mejor cambiar de tema.

Hablamos del político que voy a entrevistar dentro de dos días: un exnovio mío de secundaria, que tal vez ni siquiera recuerde que intercambiamos algunos besos y que me toqueteó los pechos cuando todavía no estaban totalmente formados.

Mi amiga se pone eufórica. Yo solo trato de no pensar en nada, mis reacciones funcionan en piloto automático.

Apatía. Todavía no he llegado a ese estado, me quejo de lo que me está pasando, pero pienso que dentro de poco (puede ser una cuestión de meses, días u horas) podría llegar a instalarse en mí una absoluta falta de interés por todo, y que va a ser muy difícil apartarla.

Parece que mi alma abandona lentamente mi cuerpo y se va a un lugar desconocido, a un lugar «seguro» en el que no tenga que aguantarme a mí misma ni a mis terrores nocturnos. Como si no estuviese en un restaurante japonés horroroso, sino en una comida deliciosa, y todo lo que hay a mi alrededor solo fuera una escena de una película que estoy viendo, sin querer, ni poder, interferir.

Me despierto y repito los mismos rituales de siempre: cepillarme los dientes, arreglarme para ir a trabajar, ir a la habitación de los niños a despertarlos, preparar el desayuno para todos, sonreír, decir que la vida es bella. En cada minuto y con cada gesto, siento un peso que no soy capaz de identificar, igual que un animal no entiende muy bien cómo ha caído en una trampa.

La comida no tiene sabor, la sonrisa, sin embargo, se amplía aún más (para que no desconfíen), las ganas de llorar me las trago, la luz parece gris.

La conversación de ayer no me sentó bien: empiezo a pensar que dejo de estar enfadada y camino rápidamente hacia la apatía.

¿Es que nadie lo ve?

Por supuesto que no. Después de todo, yo sería la última persona en admitir que necesito ayuda.

Ese es mi problema: el volcán entró en erupción y ya no se puede volver a meter la lava dentro, plantar árboles, cortar la hierba y poner las ovejas a pastar allí.

No me lo merezco.

Siempre he tratado de cumplir con las expectativas de todos. Pero sucedió y no puedo hacer otra cosa más que tomar pastillas. Tal vez hoy me invente una excusa para escribir un artículo sobre psiquiatría y seguridad social (les encanta) y acabe encontrando un buen psiquiatra al que pedirle ayuda, a pesar de que eso no es ético. Pero no todo es ético.

No tengo ninguna obsesión que ocupe mi mente, como ponerme a dieta, por ejemplo. Ni tampoco con el orden, buscándole siempre defectos al trabajo de nuestra asistenta, que llega a las ocho de la mañana y no se marcha hasta las cinco de la tarde, después de lavar y planchar la ropa, limpiar la casa y, de vez en cuando, ir al supermercado. No puedo descargar mis frustraciones intentando ser una supermamá porque los niños podrían resentirse durante el resto de sus vidas.

Salgo hacia el trabajo y veo otra vez al vecino puliendo el coche. Pero ¿no lo hizo ayer?

Incapaz de contenerme, me acerco y le pregunto por qué.

—Me quedaron algunas cosas —responde, después de darme los buenos días, preguntarme por la familia y comentar que mi vestido es bonito.

Miro el coche, un Audi (uno de los apellidos de Ginebra es Audiland). Me parece perfecto. Me enseña algún que otro detalle que no brilla como debería.

Estiro un poco la conversación y le pregunto qué cree él que busca la gente en la vida.

—Es fácil. Pagar las facturas. Comprar una casa como la tuya o la mía. Tener un jardín con árboles, invitar a sus hijos y a sus nietos a comer el domingo. Viajar por el mundo después de la jubilación.

¿Es eso lo que la gente desea de la vida? ¿Es eso de verdad? Algo está mal en este mundo, y no me refiero a las guerras en Asia o en Oriente Medio.

Antes de ir a la redacción, tengo que entrevistar a Jacob, mi antiguo novio de secundaria. Ni siquiera eso me anima, realmente estoy perdiendo el interés por las cosas.

Recibo información que no he pedido sobre programas de gobierno. Hago preguntas para incomodarlo, pero él las esquiva con elegancia. Es un año más joven que yo, así que tiene treinta años, aunque aparenta treinta y cinco. Me guardo esa observación para mí misma.

Por supuesto que me ha gustado volver a verlo, aunque hasta ahora no me ha preguntado qué ha sido de mi vida, ya que cada uno siguió su camino después de la graduación. Está concentrado en sí mismo, en su carrera, en el futuro, mientras yo me sorprendo mirando al pasado como una tonta, como si fuese todavía una adolescente que lleva el aparato en los dientes y, aun así, es envidiada por otras chicas.

Después de un rato, dejo de escucharlo y pongo el piloto automático. Siempre el mismo guion, los mismos asuntos, bajar los impuestos, luchar contra la delincuencia, mejor control de la entrada de los franceses (llamados *fronterizos*), que ocupan puestos de trabajo que corresponderían a los suizos. Año tras año, los temas siguen siendo los mismos y los problemas siguen sin resolverse, porque a nadie le interesan realmente.

Después de veinte minutos de conversación me pregunto si semejante desinterés es una consecuencia de mi extraño estado de ánimo en estos momentos. Pero no. No hay nada más aburrido que entrevistar a políticos. Habría preferido que me enviasen a cubrir un crimen. Los asesinos son mucho más auténticos.

Y, comparados con los representantes del pueblo de cualquier otro lugar del planeta, los nuestros son menos interesantes y más sosos. A nadie le interesa su vida privada. Solo dos cosas pueden acabar en escándalo: la corrupción y las drogas. Entonces el caso alcanza proporciones gigantescas y da más de sí de lo que debería, por la falta absoluta de temas en los periódicos.

Pero ¿a quién le importa si tienen amantes, si frecuentan burdeles o si han decidido asumir su homosexualidad? A nadie. Seguid haciendo aquello para lo que habéis sido elegidos, sin exceder el presupuesto público, y viviremos todos en paz.

El presidente del país cambia cada año (eso mismo, *cada año*) y no es elegido por el pueblo, sino por el Consejo Federal, entidad formada por siete consejeros que ejercen la jefatura del Estado de Suiza. Por otro lado, cada vez que paso frente al Museo de Bellas Artes, veo los anuncios de nuevos plebiscitos.

A la población le encanta decidirlo todo: el color de las bolsas de basura (ganó el negro), el permiso para tener armas (aprobado por aplastante mayoría, y Suiza es el país con más armas per cápita del mundo), el número de minaretes que se pueden construir en todo el país (cuatro), el asilo a expatriados (no lo seguí, pero supongo que la ley ha sido aprobada y ya está en vigor).

—Señor Jacob König...

Ya nos han interrumpido una vez. Educadamente le pide a su asistente que posponga la siguiente cita. Mi periódico es el más importante de la Suiza francesa y la entrevista puede ser un punto de inflexión para las próximas elecciones.

Él finge que me convence y yo finjo que lo creo.

Pero ya estoy satisfecha. Me levanto, le doy las gracias y le digo que ya tengo todo el material que necesito.

—¿No falta nada?

Seguro que sí. Pero no me corresponde a mí decir qué.

—¿Y si nos vemos después del trabajo?

Le explico que tengo que ir a buscar a mis hijos al colegio. Espero que haya visto la

14

alianza de oro macizo en mi dedo izquierdo, que dice: «Lo pasado pasado está».

—Bueno, entonces ¿qué tal si quedamos para comer cualquier día?

Acepto. Me autoengaño con mucha facilidad y me digo: «¿No tendrá algo realmente importante que decirme, un secreto de Estado, algo que cambiará la política del país y hará que el redactor jefe del periódico me vea con otros ojos?».

Él se dirige a la puerta, la cierra por dentro, vuelve hacia mí y me besa. Lo beso, porque ya ha pasado mucho tiempo desde la última vez. Jacob, al que puede que amase un día, ahora es un hombre de familia, casado con una profesora. Y yo, una madre de familia, casada con un heredero rico, aunque trabajador.

Pienso en apartarlo y decirle que ya no somos niños, pero me gusta. No solo he descubierto un nuevo restaurante japonés, sino que estoy haciendo algo que no debería. ¡Rompo las normas y no se me cae el mundo encima! Hacía tiempo que no me sentía tan feliz.

Cada vez me siento mejor, más audaz, más libre. Entonces hago algo con lo que siempre he soñado, desde que era estudiante.

Me arrodillo en el suelo, bajo la cremallera de sus pantalones y empiezo a lamer su sexo. Él me agarra del pelo y controla el ritmo. Eyacula en menos de un minuto.

—¡Qué maravilla!

No respondo. La verdad, sin embargo, es que es mucho mejor para mí que para él, que ha tenido una eyaculación precoz.

Tras el pecado, el temor a ser descubierta por el crimen cometido.

En el camino de vuelta al periódico compro un cepillo y pasta de dientes. Cada media hora voy al baño de la redacción para comprobar si tengo alguna marca en la cara o en la blusa Versace con bordados intrincados, perfectos para que queden restos. Con el rabillo del ojo observo a mis colegas de trabajo, pero ninguno (o ninguna, las mujeres siempre tienen una especie de radar para esos detalles) ha notado nada.

¿Por qué ha pasado? Era como si otra persona me hubiese dominado y empujado a aquella situación mecánica, que nada tenía de erótica. ¿Quería demostrarle a Jacob que soy una mujer independiente, libre, dueña de mi propia vida? ¿Lo he hecho para impresionarlo o para intentar huir de lo que mi amiga llamó *infierno*?

Todo va a seguir como antes. No estoy en una encrucijada. Sé hacia adónde ir y espero, con el devenir de los años, poder hacer que mi familia cambie de dirección para no acabar creyéndonos que lavar el coche es algo extraordinario. Los grandes cambios suceden con el tiempo, y tengo de sobra.

Al menos, eso espero.

Llego a casa procurando no mostrar felicidad ni tristeza. Lo que inmediatamente llama la atención de los niños.

—Mamá, hoy estás un poco rara.

Me apetece decir: «Realmente sí, porque he hecho algo que no debía y, aun así, no me siento ni un poco culpable, solo tengo miedo a que me descubran».

Mi marido llega y, como siempre, me da un beso, me pregunta cómo me ha ido el día y qué hay de cena. Le doy las respuestas a las que está acostumbrado. Si no nota nada diferente en la rutina, no sospechará que esta tarde le he practicado sexo oral a un político.

Lo cual, por cierto, no me ha proporcionado el más mínimo placer físico. Y ahora estoy loca de deseo, necesito a un hombre, muchos besos, sentir el dolor y el placer de un cuerpo sobre el mío.

Cuando subimos a la habitación, me doy cuenta de que estoy completamente excitada, ansiosa por hacer el amor con mi marido. Pero tengo que ir con calma, sin exageraciones, o podría sospechar.

Me doy una ducha, me acuesto junto a él, le quito la tableta de la mano y la dejo sobre la mesilla de noche. Le acaricio el pecho y enseguida se excita. Hacía mucho tiempo que no echábamos un polvo así. Al gemir un poco más alto, me pide que me controle para no despertar a los niños, pero le digo que estoy harta de ese comentario y que quiero expresar lo que siento.

Tengo múltiples orgasmos. Dios mío, ¡cuánto quiero a este hombre que está a mi lado! Terminamos exhaustos y sudorosos, así que decido darme otra ducha. Él me acompaña y juega poniendo la ducha en mi sexo. Le pido que pare, porque estoy cansada, necesitamos dormir y así va a acabar excitándome de nuevo.

Mientras nos secamos el uno al otro, en un intento de cambiar a toda costa mi modo de afrontar los días, le pido que me lleve a una discoteca. Creo que en ese momento sospecha que hay algo distinto.

—¿Mañana?

Mañana no puedo, tengo clase de yoga.

—Ahora que lo mencionas, ¿puedo hacerte una pregunta bastante directa?

Mi corazón se detiene. Y continúa:

—¿Por qué haces yoga realmente? Eres una mujer tan tranquila, en armonía contigo

16

misma, y sabes muy bien lo que quieres. ¿No crees que es una pérdida de tiempo?

Mi corazón vuelve a latir. No respondo. Me limito a sonreír y a acariciarle el rostro.

Me dejo caer en la cama, cierro los ojos y pienso antes de dormir: «Debo de estar atravesando alguna crisis típica del que lleva tanto tiempo casado. Se me pasará».

No todo el mundo necesita ser feliz todo el tiempo. De hecho, nadie en este mundo puede. Hay que aprender a lidiar con la realidad de la vida.

Querida depresión, no te acerques. No seas desagradable. Persigue a otros que tienen más motivos que yo para mirarte en el espejo y decir: «Qué vida tan inútil». Lo quieras o no, sé cómo derrotarte.

Depresión, conmigo pierdes el tiempo.

La cita con Jacob König se desarrolla exactamente como imaginaba. Vamos a La Perle du Lac, un restaurante caro a orillas del lago que solía ser genial, pero que hoy en día se mantiene gracias a la ciudad. Sigue costando un ojo de la cara comer allí, a pesar de que la comida es pésima. Podría haberlo sorprendido con el restaurante japonés que acababa de conocer, pero sé que habría pensado que tengo mal gusto. Para algunas personas, la decoración es más importante que la comida.

Y ahora veo que tomé la decisión correcta. Él trata de mostrarme que es un gran conocedor de vinos, evaluando el «bouquet», la «textura», la «lágrima», esa marca aceitosa que se escurre por la pared de la copa. Es decir, me está diciendo que ha crecido, que ya no es el chico de aquellos días de estudiante, ha aprendido, ha ascendido en la vida y ahora conoce el mundo, el vino, la política, las mujeres y las exnovias.

¡Cuánta tontería! Nacemos y morimos bebiendo vino. Distinguimos cuándo es de buena o mala calidad, y punto.

Pero hasta que encontré a mi marido, todos los hombres a los que había conocido, y que se creían cultos, consideraban la elección del vino su momento de gloria solitaria. Todos hacen lo mismo: con una expresión muy seria, huelen el corcho, leen la etiqueta, dejan que el camarero sirva una cata, hacen girar la copa, la observan a contraluz, olfatean, lo degustan lentamente y, por fin, asienten con la cabeza.

Después de ver esa escena en innumerables ocasiones, decidí cambiar de pandilla y empecé a andar con los *nerds*, los socialmente excluidos de la universidad. A diferencia de los catadores de vino, predecibles y artificiales, los *nerds* eran auténticos y no hacían el menor esfuerzo para impresionarme. Hablaban de cosas que yo no entendía. Pensaban, por ejemplo, que tenía la obligación de conocer al menos el nombre *Intel*, «puesto que está escrito en todos los ordenadores». Yo nunca me había fijado.

Los *nerds* me hacían sentir una completa ignorante, una mujer sin atractivo alguno, y estaban más interesados en la piratería por internet que en mis pechos y mis piernas. Acabé regresando a la seguridad de los catadores de vino. Hasta que conocí a un hombre que no trataba de impresionarme con su gusto sofisticado ni tampoco hacía que me sintiera estúpida al hablar de planetas misteriosos, hobbits y programas informáticos que borran el rastro de las páginas visitadas. Después de algunos meses de noviazgo, durante los cuales conocimos por lo menos ciento veinte nuevas aldeas alrededor del lago que baña Ginebra, me pidió matrimonio.

Acepté al momento.

Le pregunto a Jacob si conoce alguna discoteca, porque hace años que no sigo la vida nocturna de Ginebra (*vida nocturna* es simplemente una forma de hablar) y he decidido salir a bailar y a beber. Sus ojos brillan.

—No tengo tiempo. Me halaga la invitación pero, como sabes, además de estar casado, no puedo dejarme ver por ahí con una periodista. Dirán que tus noticias son...

Tendenciosas.

—... sí, tendenciosas.

Decido llevar adelante ese jueguecito de seducción, que siempre me ha divertido. ¿Qué tengo que perder? Después de todo, yo ya conozco todos los caminos, atajos, trampas y objetivos.

Le sugiero que me hable más de sí mismo. De su vida personal. Después de todo, no estoy aquí como periodista, sino como mujer y exnovia de la adolescencia.

Hago hincapié en la palabra *mujer*.

—No tengo vida personal —responde—. Lamentablemente no puedo tenerla. Elegí una carrera que me ha convertido en un autómata. Todo lo que digo se vigila, se cuestiona, se publica.

No es así exactamente, pero su sinceridad me desarma. Sé que quiere tantear el terreno, saber dónde pisa y hasta adónde puede llegar conmigo. Insinúa que «no es feliz en su matrimonio», como hacen todos los hombres maduros (después de probar el vino y de contar detalladamente lo poderosos que son).

—Los dos últimos años han estado marcados por algunos meses de alegría, otros de retos, pero el resto consistieron simplemente en aferrarse al cargo y tratar de complacer a todo el mundo para ser reelegido. Me vi obligado a renunciar a todo lo que me gustaba, como salir a bailar contigo esta semana, por ejemplo. O pasarme horas escuchando música, fumar o hacer algo que los demás consideran inapropiado.

¡Pero qué exageración! A nadie le preocupa su vida personal.

—Tal vez sea el retorno de Saturno. Cada veintinueve años ese planeta vuelve al mismo lugar en el que se encontraba el día de nuestro nacimiento.

¿El retorno de Saturno?

Se da cuenta de que ha hablado más de lo que debía y sugiere que tal vez sea mejor volver al trabajo.

No. Mi retorno de Saturno ya fue, necesito saber exactamente qué significa eso. Me da una clase de astrología: Saturno tarda veintinueve años en volver al punto en el que estaba en el momento en que nacemos. Hasta que eso sucede, creemos que todo es posible, que nuestros sueños se van a realizar y que las murallas que nos rodean se pueden derribar. Cuando Saturno completa el ciclo, el romanticismo desaparece. Las decisiones son definitivas y los cambios de rumbo son prácticamente imposibles.

—No soy un experto, por supuesto. Pero mi próxima oportunidad no llegará hasta los cincuenta y ocho años, en el segundo retorno de Saturno.

Y ¿por qué me ha invitado a almorzar, si Saturno dice que ya no es posible elegir otro camino? Hace ya casi una hora que estamos hablando.

—¿Eres feliz?

¿Cómo?

—He visto algo en tus ojos..., una tristeza inexplicable en una mujer tan hermosa, bien casada y con un buen trabajo. Era como si viera un reflejo de mis propios ojos. Te repito la pregunta: ¿eres feliz?

En el país donde yo nací, me crie y ahora crío a mis hijos, *nadie* hace ese tipo de preguntas. La felicidad no es un valor que se puede medir con precisión, ni se puede decidir en plebiscitos, o que lo analicen especialistas. Ni siquiera le preguntamos a alguien qué marca de coche utiliza, menos aún algo tan íntimo e imposible de definir.

—No tienes que responder. El silencio es suficiente.

No, el silencio no es suficiente. No es una respuesta. Solamente refleja sorpresa, perplejidad.

—Yo no soy feliz —dice él—. Tengo todo lo que un hombre puede soñar, pero no soy feliz.

¿Le habrán echado algo al agua de la ciudad? ¿Están tratando de destruir mi país con un arma química que causa una profunda frustración en todo el mundo? No es posible que todos con los que hablo sientan lo mismo que yo.

Hasta el momento no he dicho nada. Pero las almas en pena tienen esa increíble capacidad de reconocerse y acercarse, multiplicando su dolor.

¿Por qué no me había dado cuenta? ¿Por qué me fijé en la superficialidad con la que hablaba sobre cuestiones políticas o en la pedantería con la que probaba el vino?

Retorno de Saturno. Infelicidad. Cosas que no esperaba oír de Jacob König.

19

Entonces, en ese preciso momento (miro el reloj, son las 13.55 horas), me enamoro otra vez de él. Nadie, ni siquiera mi maravilloso marido me ha preguntado nunca si soy feliz. Puede que en mi infancia mis padres o mis abuelos quisieran saber en algún momento si estaba contenta, pero nada más.

—¿Volveremos a vernos?

Dirijo la vista hacia él y ya no veo al exnovio de la adolescencia, sino un abismo al que me acerco voluntariamente, un abismo del que no quiero escapar de ninguna manera. En una fracción de segundo pienso que las noches de insomnio serán más insoportables que nunca, ya que ahora realmente tengo un problema concreto: un corazón enamorado.

Todas las luces rojas de «alerta» que hay en mi conciencia y en mi subconsciente se ponen a parpadear.

Pero me digo: «No eres más que una tonta, lo que realmente quiere es llevarte a la cama. No le importa tu felicidad».

Entonces, en un gesto casi suicida, acepto. A lo mejor irme a la cama con alguien que solo me tocó los pechos cuando todavía éramos adolescentes es bueno para mi matrimonio, como ayer, cuando le practiqué sexo oral por la mañana y después tuve múltiples orgasmos por la noche.

Trato de volver al tema de Saturno, pero él ya ha pedido la cuenta y está hablando por el móvil, avisando de que va a llegar cinco minutos tarde.

—Por favor, sirve agua y café.

Le pregunto con quién estaba hablando y dice que con su mujer. El director de una gran compañía farmacéutica quiere verlo y, posiblemente, invertir algún dinero en esta fase final de su campaña al Consejo de los Estados. Las elecciones están a la vuelta de la esquina.

Una vez más recuerdo que está casado. Que es infeliz. Que no puede hacer nada de lo que le gusta. Que circulan rumores sobre él y su mujer, parece que es una relación abierta. Tengo que olvidar esa sensación que me ha invadido a las 13.55 y darme cuenta de que lo único que quiere es utilizarme.

No me molesta, siempre que dejemos las cosas claras. Yo también necesito llevarme a alguien a la cama.

Nos paramos en la acera frente al restaurante. Mira a su alrededor, como si fuéramos una pareja absolutamente sospechosa. Después de asegurarse de que nadie está vigilando, enciende un cigarrillo.

Entonces era eso lo que temía que viesen: el cigarrillo.

—Como recordarás, me consideraban el alumno más prometedor del grupo. Tenía que demostrarles que estaban en lo cierto, porque sentimos una gran necesidad de amor y aprobación. Me sacrificaba sin quedar con los amigos para estudiar y cumplir con las expectativas de los demás. Acabé secundaria con unas notas excelentes. Por cierto, ¿por qué nos dejamos?

Si él no se acuerda, yo menos. Creo que en aquella época todo el mundo se liaba con todo el mundo y nadie estaba con nadie.

—Acabé la universidad, me nombraron abogado de oficio, trataba con criminales y con inocentes, con indeseables y con gente honrada. Lo que iba a ser un trabajo temporal se convirtió en una decisión para toda la vida: puedo ayudar. Mi cartera de clientes fue creciendo. Mi fama se extendió por toda la ciudad. Mi padre insistía en que ya era hora de dejar todo aquello y de ponerme a trabajar en el bufete de un amigo suyo. Pero yo me entusiasmaba con cada caso que ganaba. Y cada dos por tres tropezaba con una ley completamente arcaica que ya no era aplicable al momento presente. Había mucho que cambiar en la administración de la ciudad.

Todo eso está en su biografía oficial, pero oírlo de su boca es diferente.

—En un determinado momento pensé que podía presentar mi candidatura a diputado.

Hicimos una campaña casi sin recursos, porque mi padre estaba en contra. Pero los clientes estaban a favor. Fui elegido por un margen muy pequeño de votos, pero lo conseguí.

Mira a su alrededor otra vez. Esconde el cigarrillo a la espalda. Pero como nadie está mirando, le da otra larga calada. Sus ojos están vacíos, centrados en el pasado.

—Cuando empecé en política, dormía cinco horas al día y siempre tenía mucha energía. Ahora me apetece dormir dieciocho. Se acabó la luna de miel con mi lugar en el mundo. Solo queda la necesidad de complacerlos a todos, especialmente a mi mujer, que lucha como una leona para que yo tenga un futuro brillante. Marianne se ha sacrificado mucho y no puedo decepcionarla.

¿Es este el mismo hombre que hace apenas unos minutos me ha pedido que quedásemos otra vez? ¿Será eso lo que quiere: salir y hablar con alguien que pueda comprenderlo porque siente lo mismo?

Tengo el don de crear fantasías con una rapidez impresionante. Ya me estaba imaginando a mí misma entre sábanas de seda en un chalet en los Alpes.

—Entonces ¿cuándo podemos volver a vernos?

Tú dirás.

Me propone quedar dentro de dos días. Le digo que tengo clase de yoga. Me pide que falte. Le explico que siempre falto y que me había prometido a mí misma ser más disciplinada.

Jacob parece resignado. Me tienta aceptar, pero no puedo dar la impresión de estar demasiado ansiosa o disponible.

La vida vuelve a ser divertida, porque la apatía de antes es sustituida por el miedo. ¡Qué alegría tener miedo a perder una oportunidad!

Le digo que es imposible, mejor quedamos el viernes. Acepta, llama a su asistente y le pide que lo anote en su agenda. Acaba el cigarrillo y nos despedimos. No le pregunto por qué me ha hablado tanto de su vida íntima, y él tampoco añade nada importante a lo que había dicho cuando estábamos en el restaurante.

Me gustaría creer que algo ha cambiado en ese almuerzo. Uno más entre los cientos de almuerzos de trabajo que he tenido, con una comida que no podía ser menos saludable y una bebida que ambos fingimos tomar, pero que apenas habíamos tocado cuando pedimos el café. No se puede bajar nunca la guardia, a pesar de todo ese teatro en el momento de probarlo.

La necesidad de complacer a todo el mundo. El retorno de Saturno.

No estoy sola.

El periodismo no tiene todo ese glamour que la gente piensa: entrevistar a famosos, recibir invitaciones a viajes fantásticos, estar en contacto con el poder, el dinero, el fascinante mundo de la marginalidad.

Realmente pasamos la mayor parte del tiempo en mesas de trabajo separadas con tabiques bajos de conglomerado, pegados al teléfono. La privacidad solo es para los jefes, en sus peceras de cristal transparente, con cortinas que pueden cerrarse de vez en cuando. Al hacerlo, siguen sabiendo lo que ocurre fuera, mientras que nosotros ya no podemos leer sus labios de pez en movimiento.

El periodismo en Ginebra, con sus ciento noventa y cinco mil habitantes, es lo más aburrido del mundo. Le echo un vistazo a la edición de hoy, aunque ya sé lo que contiene, las habituales reuniones de dignatarios extranjeros en la sede de las Naciones Unidas, las típicas quejas contra el fin del secreto bancario y algunas cosas más que merecen un lugar destacado en la primera plana, como «La obesidad mórbida impide a un hombre entrar en un avión», «Un lobo mata ovejas en los alrededores de la ciudad», «Encontrados varios fósiles precolombinos en Saint-Georges» y, finalmente, el gran titular: «Tras su restauración, el barco *Genève* vuelve al lago más bonito que nunca».

Me llaman a otra mesa de trabajo. Quieren saber si he conseguido alguna exclusiva durante el almuerzo que he compartido con el político. Como era de esperar, nos han visto juntos.

No, respondo. Nada más allá de lo que está en la biografía oficial. La comida fue más para acercarme a una *fuente*, como denominamos a la gente que nos da información importante. (Cuanto mayor sea su red de fuentes, mejor y más respetado es el periodista.)

Mi jefe dice que otra fuente asegura que, aun estando casado, Jacob König tiene una aventura con la mujer de otro político. Siento una punzada en ese rincón oscuro del alma golpeado por la depresión y que yo me he negado a atender.

Me preguntan si puedo acercarme más a él. No les interesa mucho su vida sexual, pero esa fuente sugiere que puede que lo estén chantajeando. Un grupo metalúrgico extranjero quiere hacer desaparecer las pruebas de sus problemas fiscales en su país, pero no tiene forma de acercarse al consejero de Economía. Necesitan un «empujoncito».

El director explica: el diputado Jacob König no es nuestro objetivo, debemos denunciar a aquellos que tratan de corromper nuestro sistema político.

—No es difícil. Basta con decirle que estamos de su lado.

Suiza es uno de los pocos países en el mundo donde la palabra es suficiente. En la mayoría de los países son necesarios abogados, testigos, documentos firmados y amenazar con un proceso judicial si no se respeta la confidencialidad.

—Necesitamos la confirmación y fotos.

Entonces tengo que acercarme a él.

—Tampoco será difícil. Nuestras fuentes dicen que incluso han quedado en verse. Está en su agenda oficial.

¡Y este es el país de los secretos bancarios! Todo el mundo lo sabe todo.

—Sigue la táctica de siempre.

La «táctica de siempre» consiste en cuatro puntos: 1. Empieza haciendo preguntas sobre cualquier tema del que al entrevistado le interese hablar en público. 2. Deja que hable todo el tiempo posible, así pensará que el periódico le va a dedicar un gran espacio. 3. Al final de la entrevista, cuando ya esté convencido de que nos tiene bajo control, hazle esa pregunta, la única que nos interesa, de modo que crea que, si no la responde, no le dedicaremos el espacio que espera y que ha sido una pérdida de tiempo. 4. Si responde con evasivas, reformula la pregunta, pero insiste. Dirá que eso no le importa a nadie. Pero hay que conseguir una, al menos una declaración. En el 99 por ciento de los casos el entrevistado cae en la trampa.

Eso es suficiente. El resto de la entrevista la tiras y utilizas la declaración sobre el tema en cuestión, que no era sobre el entrevistado, sino sobre algún asunto importante, que incluye investigación periodística, información oficial, información extraoficial, fuentes anónimas, etc.

—Si es reacio a responder, insiste en que estamos de su lado. Ya sabes cómo funciona el periodismo. Y lo tendremos en cuenta...

Sé cómo funciona. La carrera de periodista es tan corta como la del atleta. Alcanzamos pronto la gloria y el poder, y después damos paso a la nueva generación. Son pocos los que siguen y progresan. Los demás ven que su nivel de vida cae, se convierten en críticos de prensa, crean blogs, dan conferencias y pasan más tiempo de lo necesario tratando de impresionar a sus amigos. No hay un estadio intermedio.

Yo todavía llevo el cartel de «profesional prometedor». Si obtengo esas declaraciones, es probable que el próximo año aún no me toque escuchar: «Tenemos que reducir los costes, y tú, con tu talento y tu nombre, seguramente encontrarás otro trabajo».

¿Me ascenderán? Podré decidir qué se publica en primera página: el problema del lobo que devora ovejas, el éxodo de banqueros extranjeros a Dubai y a Singapur, o la absurda falta de inmuebles de alquiler. Qué manera más emocionante de pasar los próximos cinco años...

Vuelvo a mi mesa de trabajo, hago algunas llamadas más sin importancia y leo todo lo interesante en los portales de internet. A mi lado, mis colegas hacen lo mismo, desesperados por encontrar alguna noticia que haga que nuestras ventas dejen de caer. Alguien comenta que se han visto jabalíes en medio de la vía de ferrocarril que une Ginebra con Zúrich. ¿Eso es noticia?

Por supuesto que sí. Igual que la llamada que acabo de recibir de una mujer de ochenta años que se queja de la ley que prohíbe fumar en los bares. Dice que en verano no hay problema, pero que en invierno se va a morir mucha más gente de neumonía que de cáncer de pulmón, ya que todo el mundo se verá obligado a fumar fuera.

¿Qué es lo que realmente hacemos en la redacción de un periódico impreso?

Ya sé: nos encanta nuestro trabajo y tenemos la intención de salvar el mundo.

Sentada en la postura del loto, con incienso ardiendo y una música insoportablemente parecida a la que solemos escuchar en los ascensores, empiezo la «meditación». Ya hace tiempo que me recomendaron que probase. Fue cuando pensaban que estaba «estresada». (De hecho, lo estaba, pero era mejor que esta absoluta falta de interés por la vida que siento ahora.)

—Os molestarán las impurezas de la razón. No os preocupéis. Aceptad los pensamientos que aparezcan. No luchéis contra ellos.

Perfecto, lo estoy haciendo. Aparto las emociones tóxicas, como el orgullo, la desilusión, los celos, la ingratitud, la inutilidad. Ocupo ese espacio con humildad, gratitud, comprensión, conciencia y gracia.

Creo que he estado comiendo más azúcar del que debería, y es malo para la salud y para el espíritu.

Dejo a un lado la oscuridad y la desesperación, e invoco las fuerzas del bien y de la luz.

Recuerdo cada detalle del almuerzo con Jacob.

Canto un mantra con los otros alumnos.

Me pregunto si lo que ha dicho el editor jefe es verdad. ¿Le ha sido Jacob realmente infiel a su mujer? ¿Habrá aceptado el chantaje?

La profesora nos pide que imaginemos una armadura de luz a nuestro alrededor.

—Debemos vivir cada día con la certeza de que esa armadura nos protegerá de los peligros, y ya no estaremos ligados a la dualidad de la existencia. Debemos buscar el camino del medio, donde no hay ni alegría ni dolor, solo una profunda paz.

Empiezo a entender por qué falto tanto a las clases de yoga. ¿Dualidad de la existencia? ¿El camino del medio? Eso suena tan poco natural como mantener el nivel de colesterol a setenta, que es lo que mi médico me pide que haga.

La imagen de la armadura resiste solo unos segundos, después se rompe en mil pedazos y es sustituida por la certeza absoluta de que a Jacob le gustan todas y cualquier mujer bonita con la que se cruza. Y ¿qué tengo yo que ver con eso?

Los ejercicios continúan. Cambiamos de postura y la profesora insiste, como en todas las clases, en que intentemos, por lo menos durante unos segundos, «vaciar la mente».

El vacío es precisamente lo que más temo y lo que más me ha acompañado. Si supiera lo que me está pidiendo... En fin, no soy yo la que debe juzgar una técnica que existe desde hace siglos.

¿Qué hago aquí?

Ya sé: combatir el estrés.

Me despierto otra vez en mitad de la noche. Voy a la habitación de los niños para ver si todo está bien, algo obsesivo, pero todos los padres lo hacen de vez en cuando.

Vuelvo a la cama y me quedo mirando fijamente al techo.

No tengo fuerzas para decir lo que quiero o no quiero hacer. ¿Por qué no dejo el yoga de una vez? ¿Por qué no acabo de decidirme a acudir a un psiquiatra y empiezo a tomar las pastillas mágicas? ¿Por qué no puedo controlarme y dejo de pensar en Jacob? Después de todo, en ningún momento insinuó nada que no fuera tener a alguien con quien hablar sobre Saturno y las frustraciones que, tarde o temprano, los adultos acaban afrontando.

No puedo soportarlo más. Mi vida parece una película que repite sin cesar la misma escena.

Asistí a algunas clases de psicología cuando estaba en la Facultad de Periodismo. En una de ellas, el profesor (un hombre bastante interesante, tanto en clase como en la cama) dijo que hay cinco etapas por las que pasará el entrevistado: defensa, exaltación de uno mismo, autoconfianza, confesión e intención de arreglar las cosas.

En mi vida, he pasado directamente del estado de autoconfianza al de la confesión. Empiezo a decirme cosas que mejor sería que permaneciesen ocultas.

Por ejemplo: el mundo se ha parado.

No solo el mío, sino el de todos los que me rodean. Cuando nos reunimos con los amigos, siempre hablamos de las mismas cosas y de las mismas personas. Las conversaciones parecen nuevas, pero todo es una pérdida de tiempo y energía. Tratamos de demostrar que la vida sigue siendo interesante.

Todo el mundo trata de controlar la propia infelicidad. No solo Jacob y yo, sino también probablemente mi marido. Solo que él no lo demuestra.

En el peligroso estado de confesión en el que me encuentro, las cosas empiezan a estar claras. No me siento sola. Estoy rodeada de personas con los mismos problemas y todas fingen que la vida sigue siendo igual que antes. Como yo. Como mi vecino. Posiblemente, como mi jefe y como el hombre que duerme a mi lado.

Después de cierta edad, empezamos a utilizar una máscara de seguridad y certeza. Con el tiempo, esa máscara se pega a la cara y ya no se puede quitar.

De niños aprendemos que, si lloramos, recibimos cariño; si mostramos que estamos tristes, recibimos consuelo. Si no podemos convencer con nuestra sonrisa, seguramente convenceremos con nuestras lágrimas.

Pero ya no lloramos (excepto en el baño cuando nadie nos oye), ni sonreímos (solo a nuestros hijos). No mostramos nuestros sentimientos, porque la gente puede pensar que somos vulnerables y aprovecharse de ello.

Dormir es la mejor medicina.

Veo a Jacob el día que quedamos. Esta vez soy yo la que elige el sitio, y acabamos en el precioso y mal cuidado Parc des Eaux-Vives, donde hay otro restaurante pésimo que se mantiene gracias a la ciudad.

Una vez fui a almorzar allí con un corresponsal del *Financial Times*. Pedimos un Martini, y el camarero nos sirvió Cinzano.

Esta vez, nada de comida, solo bocadillos en la hierba. Él puede fumar a gusto, porque tenemos una visión privilegiada de todo lo que nos rodea. Podemos ver quién viene y quién va. Llego decidida a ser honesta: después de las formalidades de rigor (tiempo, trabajo, «¿Qué tal la discoteca?», «Voy esta noche»), lo primero que le pregunto es si lo están chantajeando por, digamos, una relación extraconyugal.

A él no le sorprende. Solo me pregunta si está hablando con una periodista o con una amiga.

Por el momento, con una periodista. Si me dices que sí, puedo darte mi palabra de que el periódico te apoyará. No vamos a publicar nada de tu vida personal, pero iremos a por los chantajistas.

—Sí, tuve una aventura con la mujer de un amigo, que supongo que conocerás por tu trabajo. Fue él quien la animó porque ambos estaban aburridos de su matrimonio. ¿Entiendes lo que digo?

¿Que la animó su marido? No, no lo entiendo, pero asiento con la cabeza y recuerdo lo que pasó hace tres noches, cuando tuve múltiples orgasmos.

Y ¿la aventura sigue?

—Hemos perdido el interés. Mi mujer ya lo sabe. Hay cosas que no se pueden ocultar. Gente de Nigeria nos sacó fotos juntos y amenaza con divulgar las imágenes, pero eso no es una novedad.

En Nigeria es donde está ubicada esa empresa metalúrgica. ¿Su mujer no lo amenazó con pedir el divorcio?

—Estuvo enfadada durante dos o tres días, nada más. Ella tiene grandes planes para nuestro matrimonio, y supongo que la fidelidad no forma necesariamente parte de ellos. Se puso un poco celosa, solo para fingir que era importante, pero es una actriz pésima. Pocas horas después de habérselo confesado, ya estaba pensando en otras cosas.

Al parecer, Jacob vive en un mundo muy diferente al mío. Las mujeres no sienten celos, los maridos animan a sus esposas a tener aventuras. ¿Me estoy perdiendo mucho?

—No hay nada que el tiempo no pueda solucionar. ¿No crees?

Depende. En muchos casos, el tiempo puede agravar el problema. Es lo que me está pasando a mí. Sin embargo, he venido aquí para entrevistar, no para ser entrevistada, por eso no digo nada. Él sigue:

—Los nigerianos no lo saben. Hablé con el Ministerio de Economía para tenderles una trampa. Con todo grabado, tal como hicieron conmigo.

En ese momento veo saltar por los aires mi historia, la que iba a ser mi gran oportunidad de ascender en un sector cada vez más decadente. No hay nada nuevo que contar, ni adulterio, ni chantaje ni corrupción. Todo sigue los estándares suizos de calidad y excelencia.

—¿Ya has preguntado todo lo que querías? ¿Podemos pasar a otro tema?

Sí, ya no hay más preguntas. Y no tengo otro tema.

—Creo que te falta preguntarme por qué quise volver a verte. Por qué quise saber si eras feliz. ¿Crees que me interesas como mujer? Ya no somos adolescentes. Confieso que me sorprendió tu actitud en mi despacho y me encantó eyacular en tu boca, pero ese no es motivo suficiente para estar aquí, sobre todo teniendo en cuenta que eso no puede suceder en un lugar público. Entonces ¿no quieres saber por qué quería quedar otra vez contigo?

La cajita de sorpresas que me pilló desprevenida al hacerme aquella pregunta sobre mi felicidad sigue arrojando su luz sobre otros rincones oscuros. ¿No se da cuenta de que esas cosas no se preguntan?

—Solo si quieres decírmelo —respondo para provocarlo y tratar de destruir terminantemente ese aire prepotente suyo que me hace sentir tan insegura. Y añado—: Está claro que quieres llevarme a la cama. No serás el primero que oiga un «no».

Él menea la cabeza. Finjo que me siento cómoda y hablo de las pequeñas olas que hay en el lago, normalmente tranquilo. Nos quedamos mirándolo como si fuera lo más interesante del mundo.

Hasta que él encuentra las palabras adecuadas:

—Como ya habrás notado, te pregunté si eras feliz porque me reconocí en ti. Los semejantes se atraen. Tal vez tú no hayas visto lo mismo en mí, pero no importa. Tal vez estés mentalmente exhausta, convencida de que tus problemas inexistentes (y sabes que son inexistentes) te están absorbiendo la energía.

Yo pensaba eso mismo en nuestro almuerzo: las almas en pena se identifican y se atraen para asustar a los vivos.

—Yo siento lo mismo —continúa—. Con la diferencia de que mis problemas tal vez son más concretos. De todos modos, me sorprendo odiándome a mí mismo por no haber conseguido resolver esto o aquello, ya que dependo de la aprobación de muchas personas. Y eso me hace sentir inútil. Me planteé buscar ayuda médica, pero mi mujer no estuvo de acuerdo. Dijo que, si se descubría, podría arruinar mi carrera. Pensé que tenía razón.

Entonces habla de esas cosas con su mujer. A lo mejor esta noche yo hago lo mismo con mi marido. En vez de salir a una discoteca, puedo sentarme frente a él y contárselo todo. ¿Cómo reaccionaría?

—Por supuesto que he cometido muchos errores. Actualmente trato por todos los medios de ver el mundo de otra manera, pero no funciona. Cuando veo a alguien como tú, y mira que he conocido a mucha gente en la misma situación, procuro acercarme y comprender cómo afronta el problema. Entiéndelo, necesito ayuda y esa es la única manera de conseguirla.

Así que es eso. Nada de sexo, nada de una gran aventura romántica que haga soleada esta tarde gris de Ginebra. Es solo una terapia de apoyo, como las que hacen los alcohólicos y los drogadictos.

Me levanto.

Mirándolo a los ojos, le digo que soy realmente muy feliz y que debería ver a un psiquiatra. Tu mujer no puede controlarlo todo en tu vida. Además, nadie lo sabría, gracias al secreto profesional. Tengo una amiga que se curó con tratamiento. ¿Quieres pasarte el resto de tu vida luchando contra el fantasma de la depresión solo para ser reelegido? ¿Es eso lo que quieres para tu futuro?

Mira a su alrededor para ver si hay alguien escuchando. Yo ya lo había hecho, sé que estamos solos, salvo por un grupo de camellos en la parte de arriba del parque, detrás del restaurante. Pero no tienen el menor interés en acercarse a nosotros.

No puedo parar. A medida que hablo, me doy cuenta de que me escucho a mí misma y de que eso me ayuda. Le digo que la negatividad se retroalimenta. Que tiene que buscar algo que le dé por lo menos un poco de alegría, como navegar, ir al cine, leer.

—No es eso. No me entiendes. —Parece desconcertado por mi reacción.

Sí que lo entiendo. Todos los días nos llega un montón de información, con carteles en los que adolescentes maquilladas fingen ser mujeres y ofrecen productos milagrosos de belleza eterna; la noticia de que una pareja de ancianos ha escalado el monte Everest para celebrar su aniversario de boda; anuncios de nuevos aparatos de masaje; expositores de farmacia llenos de productos para adelgazar; películas que dan una idea falsa de la vida; libros que prometen resultados fantásticos; expertos en dar consejos sobre cómo ascender en sus carreras o encontrar la paz interior. Y todo eso hace que nos sintamos viejos, llevando una vida sin aventura, mientras que la piel se pone flácida, los kilos se acumulan descontroladamente, y nos vemos obligados a reprimir las emociones y los deseos porque no encajan con lo que llamamos *madurez*.

Selecciona la información que te llega. Ponte un filtro en los ojos y en los oídos y permite que entre solamente aquello que no te dará bajón, porque para eso ya tenemos el día a día. ¿Piensas que a mí no me juzgan ni me critican en mi trabajo? ¡Pues sí, y mucho! Pero yo elegí escuchar solo lo que me motiva para mejorar, lo que me ayuda a corregir mis errores. El resto simplemente finjo que no lo oigo o no le hago caso.

He venido aquí en busca de una historia complicada relacionada con el adulterio, el chantaje y la corrupción. Pero lo has manejado todo de la mejor manera posible. ¿Es que no te das cuenta?

Sin pensarlo mucho, me siento de nuevo a su lado, le agarro la cabeza para que no pueda escapar y le doy un largo beso. Duda durante una fracción de segundo, pero enseguida me corresponde. Inmediatamente todos mis sentimientos de impotencia, fragilidad, fracaso e inseguridad son sustituidos por una gran euforia. De repente, soy sabia, he recuperado el control de la situación y me atrevo a hacer algo que nunca habría imaginado. Me adentro en tierras desconocidas y en mares peligrosos, destruyendo pirámides y construyendo santuarios.

Vuelvo a ser la dueña de mis pensamientos y de mis acciones. Lo que parecía imposible por la mañana es real por la tarde. Vuelvo a sentir, puedo amar algo que no poseo, el viento ha dejado de molestarme y es una bendición, una caricia de un dios en mi cara. Mi espíritu está de vuelta.

Parece que han pasado cien años en ese breve tiempo en que lo he besado. Nuestros rostros se separan lentamente, él acaricia mi cabeza con dulzura, nos miramos profundamente.

Y volvemos a ver lo mismo que había allí menos de un minuto antes.

Tristeza.

Ahora sumada a la estupidez y a la irresponsabilidad de un gesto que, al menos en mi caso, hará que todo empeore.

Aún pasamos otra media hora juntos, hablando sobre la ciudad y sus habitantes, como si no hubiera sucedido nada. Parecíamos muy cercanos cuando llegamos al Parc des Eaux-Vives, hemos llegado a convertirnos en uno en el momento del beso, y ahora somos como dos extraños, tratando de mantener una conversación solo el tiempo necesario para que cada uno siga su camino sin sentirse demasiado incómodo.

No nos ha visto nadie, no estamos en un restaurante. Nuestros matrimonios están a salvo. Pienso en disculparme, pero sé que no es necesario. Después de todo, un beso no es nada del otro mundo.

No puedo decir que me siento victoriosa, pero al menos he recuperado algún control sobre mí misma. En casa todo sigue igual: antes estaba fatal, ahora estoy mejor pero nadie me ha preguntado nada.

Voy a hacer como Jacob König: hablar con mi marido acerca de mi extraño estado de ánimo. Confío en él y estoy segura de que puede ayudarme.

Sin embargo, ¡hoy va todo tan bien! ¿Por qué debería estropearlo confesando cosas que no sé muy bien de qué se tratan? Sigo luchando. No creo que lo que estoy pasando tenga ninguna relación con la ausencia de determinados elementos químicos en mi cuerpo, tal como dicen las páginas de internet que hablan de «tristeza compulsiva».

Hoy no estoy triste. Son etapas normales de la vida. Recuerdo cuando mis compañeros de secundaria organizaron la fiesta de despedida: nos reímos durante dos horas y al final lloramos compulsivamente, ya que aquello significaba que nos íbamos a separar para siempre. La tristeza duró algunos días o algunas semanas, no lo recuerdo bien. Pero el simple hecho de no recordarlo me dice algo muy importante: está completamente superado. Cruzar la barrera de los treinta es duro, y puede que yo no estuviera preparada para ello.

Mi marido sube a acostar a los niños. Me sirvo una copa de vino y salgo al jardín.

Sigue haciendo viento. Aquí todos conocemos este viento, que sopla durante tres, seis o nueve días. En Francia, más romántica que Suiza, se llama *mistral* y siempre trae buen tiempo y bajas temperaturas. Ya era hora de que desapareciesen estas nubes, mañana tendremos un día soleado.

Sigo pensando en la conversación del parque, en el beso. Ni rastro de arrepentimiento. Hice algo que nunca había hecho antes, y con eso van cayendo los muros que me aprisionaban.

Poco importa lo que piense Jacob König. No puedo pasarme la vida tratando de complacer a los demás.

Termino la copa de vino, vuelvo a llenarla y saboreo las primeras horas, desde hace muchos meses, de un sentimiento diferente de la apatía y la sensación de inutilidad.

Mi marido baja vestido de fiesta y me pregunta en cuánto tiempo soy capaz de arreglarme. Se me había olvidado que habíamos quedado en salir a bailar esta noche.

Subo corriendo a prepararme.

Al bajar, veo que nuestra niñera filipina ya ha llegado y ha dejado sus libros sobre la mesa del salón. Los niños ya se han ido a dormir y no van a dar trabajo, así que aprovecha el tiempo para estudiar; parece que la tele no le gusta.

Estamos listos para salir. Me he puesto mi mejor vestido, aun a riesgo de parecer una tigresa fuera de lugar en un ambiente relajado. Pero ¿qué importa? Tengo que divertirme.

Me despierto con el ruido del viento golpeando la ventana. Creo que mi marido debería haberla cerrado mejor. Tengo que levantarme y cumplir mi ritual nocturno: ir a la habitación de los niños para ver si está todo en orden.

Sin embargo, algo me lo impide. ¿Será el efecto de la bebida? Empiezo a pensar en las pequeñas olas que vi en el lago, en las nubes que ya se han disipado y en la persona que estaba conmigo. Apenas me acuerdo de la discoteca: a los dos nos pareció horrible la música, el ambiente aburrido, y media hora más tarde ya estábamos otra vez frente a nuestros ordenadores y tabletas.

¿Y todo lo que le he dicho a Jacob esta tarde? ¿No debería aprovechar este momento para pensar también un poco en mí?

Sin embargo, esta habitación me asfixia. Mi marido perfecto duerme a mi lado; parece que no oye el ruido del viento. Pienso en Jacob acostado junto a su mujer, diciéndole todo lo que siente (estoy segura de que no le dirá nada acerca de mí), aliviado por tener a alguien que lo apoya cuando se siente más solo. No me creo mucho la descripción que hizo de ella; si fuera cierto, ya se habría separado. ¡Al fin y al cabo, no tienen hijos!

Me pregunto si el mistral también lo ha despertado y sobre qué estarán hablando ahora. ¿Dónde viven? No será difícil descubrirlo. Tengo toda esa información a mi disposición en el periódico. ¿Habrán hecho el amor esta noche? ¿La habrá penetrado con pasión? Habrá gemido ella de placer?

Mi comportamiento con él es siempre una sorpresa. Sexo oral, consejos sensatos, beso en el parque. No parezco yo misma. ¿Quién es la mujer que me domina cuando estoy con Jacob?

La adolescente provocativa. Aquella que tenía la seguridad de una roca y la fuerza del viento que hoy agitaba las tranquilas aguas del lago Lemán. Resulta curioso, cuando nos encontramos con compañeros de clase, que siempre pensemos que todavía siguen siendo los mismos, aunque el que era flacucho haya engordado, o la más guapa haya escogido al peor marido posible, o los que se pasaban todo el tiempo juntos no se vean desde hace años.

Pero con Jacob, al menos al principio de ese reencuentro, todavía puedo volver atrás en el tiempo y ser la chica que no teme las consecuencias porque solo tiene dieciséis años, y el retorno de Saturno, que traerá consigo la madurez, está todavía muy lejos.

Trato de dormir, pero no puedo. Paso una hora más pensando obsesivamente en él. Recuerdo al vecino lavando su coche y cómo juzgué su vida «sin sentido», ocupado en hacer cosas inútiles. No era inútil: probablemente se estaba divirtiendo, haciendo ejercicio, contemplando las cosas simples de la vida como una bendición, no como una maldición.

Eso es lo que me falta: relajarme un poco y disfrutar más la vida. No puedo seguir pensando en Jacob. Estoy sustituyendo mi falta de alegría por algo más concreto, un hombre. Y no se trata de eso. Si fuese a ver a un psiquiatra, me diría que mi problema es otro. Falta de litio, baja producción de serotonina, cosas así. Esto no empezó con la llegada de Jacob y no se va a acabar con su partida.

Pero no puedo olvidarlo. Mi mente repite decenas, cientos de veces el momento del beso.

Y me doy cuenta de que mi subconsciente está convirtiendo un problema imaginario en un problema real. Siempre es así. Por eso surgen las enfermedades.

No quiero volver a ver a ese hombre en mi vida. Lo envió el demonio para desestabilizar lo que ya era frágil. ¿Cómo he podido enamorarme tan rápido de alguien que ni siquiera conozco? Y ¿quién ha dicho que estoy enamorada? Tengo problemas desde la primavera, nada más. Si hasta entonces las cosas funcionaban bien, no veo ninguna razón para que no vuelvan a funcionar.

Repito lo que he dicho antes: se trata de una fase, nada más.

No puedo seguir centrando la atención en cosas que no me sientan bien. ¿No ha sido eso lo que le he dicho esta tarde?

Debo mantenerme firme y esperar a que pase la crisis. De lo contrario, corro el riesgo de enamorarme de verdad, de sentir permanentemente lo que sentí durante una fracción de segundo cuando comimos juntos la primera vez. Y, si eso sucede, las cosas dejarán de pasar dentro de mí. Y el sufrimiento y el dolor se extenderán por todas partes.

Doy vueltas en la cama durante un tiempo que me da la impresión de ser infinito, me quedo dormida y, tras lo que me parece tan solo un momento, mi marido me despierta. El día está despejado, el cielo, azul, y el mistral sigue soplando.

—Hora del desayuno. Deja que me ocupe yo de los niños.

¿Qué tal si intercambiamos los papeles por lo menos una vez en la vida? Tú vas a la cocina y yo los despierto.

—¿Es un reto? Pues vas a degustar el mejor desayuno que hayas probado en muchos años.

No es un reto, es solo un intento de variar un poco. ¿Acaso mi desayuno no te parece lo suficientemente bueno?

—Escucha, es demasiado pronto para discutir. Sé que anoche ambos bebimos más de la cuenta, las discotecas no son para nuestra edad. Sí, despierta a los niños.

Él se va·antes de que pueda responder. Cojo el móvil y compruebo todo lo que tengo que hacer en este nuevo día.

Consulto la lista de compromisos que debo cumplir sin falta. Cuanto más larga es la lista, más productivo considero el día. Resulta que muchas de las notas son cosas que prometí hacer el día anterior, o durante la semana, y que todavía no he hecho. Y así la lista va aumentando hasta que, de vez en cuando, me pone tan nerviosa que la tiro y empiezo de nuevo. Y entonces me doy cuenta de que nada era importante.

Pero hay algo que no está ahí y que no voy a olvidar de ninguna manera: averiguar dónde vive Jacob König y buscar un momento para pasar en coche por delante de su casa.

Cuando bajo, la mesa está puesta y es perfecta: ensalada de frutas, aceite de oliva, quesos, pan integral, yogur, ciruelas. También hay un ejemplar del periódico donde trabajo, delicadamente colocado a mi lado izquierdo. Mi marido ha abandonado hace rato la prensa escrita y en este momento consulta su iPad. Nuestro hijo mayor pregunta qué significa *chantaje*. No entiendo por qué quiere saberlo, hasta que mis ojos se encuentran con la portada. Hay una gran foto de Jacob, una de las muchas que habrá enviado a la prensa. Parece pensativo, reflexivo. Al lado de la imagen, el titular: «Diputado denuncia intento de chantaje».

No fui yo quien lo escribió. De hecho, cuando yo todavía estaba en la calle, el editor jefe me llamó para decirme que podía cancelar mi cita porque acababan de recibir un comunicado del Ministerio de Economía y que estaban trabajando en el caso. Le expliqué que la reunión ya había tenido lugar, que había sido más breve que lo que había pensado y que no había tenido que utilizar los «procedimientos de rutina». En ese momento, me enviaron a un barrio cercano (que se considera «ciudad» e incluso tiene alcaldía) para cubrir las protestas contra una tienda de comestibles que había sido descubierta vendiendo alimentos caducados. Escuché al dueño de la tienda, a los vecinos, a los amigos de los vecinos, y estoy segura de que ese asunto es más interesante para el público que el hecho de que un político haya denunciado lo que sea. Por cierto, el asunto también estaba en la primera página, pero menos destacado: «Colmado sancionado. No hay víctimas por intoxicación».

Esa foto de Jacob en la mesa del desayuno me hace sentir profundamente incómoda.

Le digo a mi marido que esta noche tenemos que hablar.

—Dejaremos a los niños con mi madre y saldremos a cenar —responde—. Yo también necesito pasar algún tiempo contigo. Solo contigo. Y sin el ruido de aquella música horrible que no entiendo cómo tiene éxito.

Era una mañana de primavera.

Yo estaba en un rincón del patio, una zona a la que no solía ir nadie. Contemplaba los ladrillos de la pared del colegio. Sabía que algo pasaba conmigo.

Los otros niños pensaban que yo era «superior», y yo no me esforzaba por desmentirlo. ¡Al contrario! Le pedía a mi madre que me comprase ropa cara y me llevara al colegio en su coche de importación.

Hasta aquel día en el patio, cuando me di cuenta de que estaba sola. Y que tal vez fuese así el resto de mi vida. Aunque solo tenía ocho años, me parecía que era demasiado tarde para cambiar y decirles a los demás que era como ellos.

Era verano.

Estaba en secundaria y los chicos siempre encontraban la manera de estar a mi lado, por más que yo tratara de mantenerme distante. Las otras chicas se morían de envidia, pero no lo admitían, al contrario, trataban de ser mis amigas y de estar siempre conmigo para recoger las sobras que yo rechazaba.

Y yo lo rechazaba casi todo, porque sabía que, si alguien conseguía entrar en mi mundo, no iba a encontrar nada interesante. Era mejor mantener el aire de misterio e insinuarles a los demás posibilidades de las que nunca iban a disfrutar.

En el camino de vuelta a casa, me fijé en algunas setas que habían crecido debido a la lluvia. Estaban allí, intactas, porque todo el mundo sabía que eran venenosas. Por una fracción de segundo pensé en comerlas. No estaba particularmente triste ni contenta, solo quería llamar la atención de mis padres.

No toqué las setas.

Hoy es el primer día del otoño, la estación más hermosa del año. Dentro de nada las hojas cambiarán de color y los árboles serán diferentes unos de otros. De camino al aparcamiento, cojo una calle por la que nunca paso.

Me detengo frente al colegio donde estudié. La pared de ladrillos sigue allí. Nada ha cambiado, salvo el hecho de que ya no estoy sola. Llevo conmigo el recuerdo de dos hombres: uno que jamás tendré, y otro con el que voy a cenar esta noche en un sitio bonito, especial, elegido cuidadosamente.

Un pájaro corta el cielo, planeando al viento. Va de un lado a otro, sube y baja, como si sus movimientos tuviesen alguna lógica que no puedo entender. Tal vez la única lógica sea realmente divertirse.

Yo no soy un pájaro. No podría pasarme la vida solo divirtiéndome, aunque tengo muchos amigos, con menos dinero que nosotros, que viven de viaje en viaje, de restaurante en restaurante. He intentado ser así, pero es imposible. Gracias a la influencia de mi marido, conseguí mi empleo. Trabajo, ocupo mi tiempo, me siento útil y justifico mi vida. Un día mis hijos se sentirán orgullosos de su madre, y mis amigas de la infancia se sentirán más frustradas que nunca porque he conseguido construir algo concreto, mientras que ellas se dedicaban simplemente a cuidar de la casa, de los niños y de su marido.

No sé si todo el mundo siente el mismo deseo de impresionar a los demás. Yo lo siento, y no lo niego, porque ha sido bueno para mi vida, empujándome hacia adelante. Siempre y cuando no corra riesgos innecesarios, por supuesto. Siempre y cuando consiga mantener mi mundo tal y como es hoy en día.

En cuanto llego al periódico, repaso los archivos digitales del gobierno. En menos de un minuto tengo la dirección de Jacob König, así como información sobre cuánto gana, dónde estudió, el nombre de su mujer y el sitio donde trabaja.

Mi marido eligió un restaurante que queda entre mi trabajo y nuestra casa. Ya hemos estado en él antes. Me gusta la comida, la bebida y el ambiente que hay, pero siempre he pensado que la comida casera es mejor. Solo ceno fuera cuando mi «vida social» lo requiere, pero siempre que puedo lo evito. Me encanta cocinar. Me encanta estar con mi familia, sentir que los protejo y sentirme protegida al mismo tiempo.

Entre las cosas que no hice de mi lista de tareas matinal está «pasar en coche por delante de la casa de Jacob König». Conseguí resistir el impulso. Ya tengo bastantes problemas imaginarios como para sumarles problemas reales de amor no correspondido. Aquello que sentí ya pasó. Y no va a volver a suceder. Y así caminamos hacia un futuro de paz, de esperanza y prosperidad.

—Dicen que ha cambiado de dueño y la comida ya no es la misma —comenta mi marido.

No importa. La comida de restaurante es siempre igual: mucha mantequilla, platos muy decorados y, como vivimos en una de las ciudades más caras del mundo, un precio desorbitado por algo que realmente no vale la pena.

Pero salir a cenar es un ritual. Nos recibe el maître, que nos conduce hasta nuestra mesa de siempre (aunque ya hace bastante tiempo que no aparecemos por aquí), nos pregunta si queremos el mismo vino (por supuesto) y nos entrega la carta. Lo leo de principio a fin y elijo lo mismo de siempre. Mi marido también se decanta por el tradicional cordero asado con lentejas. El maître viene a decirnos los platos especiales del día: lo escuchamos con educación, le decimos una o dos palabras amables y pedimos los platos a los que ya estamos acostumbrados.

La primera copa de vino (que no hemos tenido que probar ni analizar cuidadosamente, porque ya hace diez años que estamos casados) baja rápidamente, entre conversaciones de trabajo y quejas sobre el técnico de la calefacción de casa, que no apareció.

—Y ¿cómo va lo de las elecciones del próximo domingo? —pregunta mi marido.

Me han encargado un tema que me resulta especialmente interesante: «¿Pueden los votantes hurgar en la vida privada de un político?». El artículo sigue con el tema de la portada del otro día, la que hablaba del diputado chantajeado por los nigerianos. La opinión general de los encuestados es: «No me interesa». No vivimos en Estados Unidos, y estamos muy orgullosos de ello.

Hablamos de otros temas recientes: la participación ha aumentado alrededor del 38 por ciento desde las últimas elecciones al Consejo de los Estados. Los conductores del TPG (Transports Publics Genevois, Transportes Públicos de Ginebra) están cansados, pero contentos con su trabajo. Una mujer fue atropellada cruzando un paso de peatones. Un tren se averió e impidió la circulación durante más de dos horas. Y otros temas habituales.

Y voy a por la segunda copa, sin esperar al entrante, gentileza de la casa, y sin preguntarle a mi marido cómo le ha ido el día. Escucha cortésmente todo lo que acabo de contarle. Debe de estar preguntándose qué estamos haciendo aquí.

—Hoy pareces más contenta —dice después de que el camarero nos traiga el plato principal. Entonces me doy cuenta de que estoy hablando sin parar desde hace veinte minutos—. ¿Ha pasado algo especial?

Si me hubiera hecho esa misma pregunta el día que estuve en el Parc des Eaux-Vives, me habría ruborizado y le habría soltado la serie de disculpas que ya tenía preparada. Pero no, mi día ha sido igual de aburrido que siempre, aunque trato de convencerme de que soy muy importante para el mundo.

—Y ¿de qué querías hablar conmigo?

Me dispongo a confesarlo todo, camino ya de la tercera copa de vino. Entonces viene el camarero y me sorprende cuando estoy a punto de saltar al abismo. Intercambiamos unas cuantas palabras insignificantes, valiosos minutos de mi vida que se desperdician en cortesías.

Mi marido le pide otra botella de vino. El maître nos desea buen provecho y se va a buscarla. Entonces empiezo.

Me dirás que tengo que ver a un médico. No estoy de acuerdo. Cumplo con todas mis obligaciones en casa y en el trabajo. Pero hace unos meses que me siento triste.

—No es eso lo que pienso. Acabo de decirte que estás más contenta.

Claro. Mi tristeza se ha convertido en rutina, ya nadie se da cuenta. Me siento feliz por tener a alguien con quien hablar. Pero lo que quiero decirte no tiene nada que ver con esta aparente alegría. No duermo bien. Me siento egoísta. Sigo tratando de impresionar a la gente como si todavía fuese una niña. Lloro sola y sin motivo en el baño. Solo he hecho el amor con ganas de verdad una vez en muchos meses, y sabes muy bien a qué día me refiero. Ya he barajado la posibilidad de que se trate de un momento de cambio, consecuencia de haber rebasado la barrera de los treinta, pero esa explicación no es suficiente para mí. Siento que estoy desperdiciando mi vida, que un día voy a mirar atrás y me voy a arrepentir de todo lo que he hecho. Menos de haberme casado contigo y de haber tenido a nuestros maravillosos hijos.

—Pero ¿no es eso lo más importante?

Para mucha gente, sí. Aunque para mí no es suficiente. Y cada vez es peor. Cuando por fin remato las tareas del día, comienza un cuestionario interminable en mi cabeza. Me da pánico que las cosas cambien, pero al mismo tiempo siento un gran deseo de vivir algo diferente. Los pensamientos se repiten, ya no tengo control sobre nada. Tú no sabes nada porque ya estás dormido. ¿No oíste el mistral anoche golpeando la ventana?

—No. Pero estaban bien cerradas.

A eso me refiero. Hasta un simple viento que ha soplado miles de veces desde que nos casamos es capaz de despertarme. Te oigo cuando te mueves en la cama y cuando hablas dormido. No te lo tomes como algo personal, por favor, pero parece que estoy rodeada de cosas que no tienen absolutamente ningún sentido. Y que quede claro: quiero a nuestros hijos. Te quiero a ti. Me encanta mi trabajo. Y todo eso me hace sentir aún peor, porque estoy siendo injusta con Dios, con la vida, con vosotros.

Apenas toca el plato. Es como si estuviera con una extraña. Pero decirle esas palabras me hace sentir mucha paz. He revelado mi secreto. El vino está haciendo efecto. Ya no estoy sola. Gracias, Jacob König.

—¿Crees que necesitas un médico?

No lo sé. Pero, aunque así fuera, no quiero hacerlo bajo ningún concepto. Tengo que aprender a resolver mis problemas sola.

—Supongo que resulta muy difícil guardarte esos sentimientos durante tanto tiempo. Gracias por confiar en mí. ¿Por qué no me lo dijiste antes?

Porque ahora ha llegado a ser insoportable. Hoy he recordado mi infancia y mi adolescencia. ¿Ya estaba allí la semilla? No creo. A no ser que mi mente me haya traicionado durante todos estos años, lo cual me parece prácticamente imposible. Procedo de una familia normal, recibí una educación normal, llevo una vida normal. ¿Qué me pasa?

No te dije nada antes, le digo entre lágrimas, porque pensé que se me iba a pasar pronto y no quería preocuparte.

—No estás loca. Nunca has dado la impresión de estarlo. No estás más irritable ni has perdido peso. Si hay control, hay salida.

¿A qué viene lo de perder peso?

—Puedo pedirle a nuestro médico que te recete unos ansiolíticos para ayudarte a dormir. Puedo decirle que son para mí. Estoy convencido de que, si consigues descansar, poco a poco podrás volver a dominar tus pensamientos. Tal vez deberíamos hacer más ejercicio. A los niños les encantaría. Estamos demasiado volcados en nuestro trabajo, y eso no es bueno.

No estoy demasiado volcada en el trabajo. Todo lo contrario, esos reportajes estúpidos me ayudan a mantener la mente ocupada y evitan que me invadan esos pensamientos en cuanto no tengo nada que hacer.

—En cualquier caso, necesitamos hacer más ejercicio, estar al aire libre. Correr hasta no poder más, hasta caer rendidos por el cansancio. Tal vez deberíamos invitar a más gente a casa...

¡Eso sería una pesadilla! Tener que charlar, entretener a la gente, mantener una sonrisa forzada, escuchar opiniones sobre ópera y el tráfico y, por encima de todo, tener que lavar toda la loza.

—Vayamos al parque natural del Jura el fin de semana. Hace mucho tiempo que no vamos allí.

El fin de semana son las elecciones. Voy a estar de guardia en el periódico.

Comemos en silencio. El camarero se ha acercado dos veces para ver si habíamos terminado, y los platos estaban sin tocar. La segunda botella de vino se acaba rápidamente. Imagino lo que mi marido estará pensando ahora mismo: «¿Cómo ayudar a mi mujer? ¿Qué puedo hacer para que sea feliz?». Nada. Nada más que lo que hace. Cualquier otra cosa, como aparecer con una caja de bombones o un ramo de flores, sería una sobredosis de afecto y me resultaría empalagoso.

Llegamos a la conclusión de que no puede conducir para volver a casa, hay que dejar el coche en el restaurante y volver a recogerlo mañana. Llamo a mi suegra y le pido que pase la noche con los niños. Mañana por la mañana iré a buscarlos temprano.

—Pero ¿qué le falta realmente a tu vida?

Por favor, no me preguntes eso. La respuesta es: nada. ¡Nada! Quién me diera tener problemas serios que resolver. No conozco a nadie que esté viviendo la misma situación. Una amiga mía, que ha estado años deprimida, ahora se está medicando. No creo que sea eso lo que yo necesito porque no tengo todos los síntomas que ella citó, ni quiero entrar en el peligroso terreno de las drogas legales. En cuanto a los demás, pueden estar enfadados, estresados, llorar por tener el corazón roto. Y, en este último caso, pueden llegar a pensar que están deprimidos, que necesitan un médico y tratamiento. Pero no es así: no es más que un corazón roto, que los hay desde que el mundo es mundo, desde que el hombre descubrió ese misterio llamado *Amor*.

—Si no quieres ir a un médico, ¿por qué no lees sobre el tema?

Ya lo he intentado. Pasé algún tiempo leyendo sitios de psicología. Puse más empeño en el yoga. ¿No has notado que los libros que llevo a casa muestran un cambio de gustos literarios? ¿Pensaste que estaba más centrada en lo espiritual?

¡No! Busco una respuesta que no encuentro. Después de leer unos diez libros de palabras sabias, me di cuenta de que no me llevaban a ninguna parte. Tenían un efecto inmediato, pero dejaban de funcionar en cuanto los cerraba. Son frases, palabras que describen un mundo ideal que no existe ni para el que los escribió.

—Y ahora, en la cena, ¿te sientes mejor?

Claro. Pero no se trata de eso. Necesito saber en lo que me he convertido. Soy eso, no es algo ajeno a mí.

Veo que trata desesperadamente de ayudarme, pero está tan perdido como yo. Insiste en los síntomas y yo le contesto que no es ese el problema, todo es un síntoma. Si te digo que es un agujero negro y esponjoso, ¿lo entiendes?

—No.

Pues es eso.

Él me asegura que voy a salir de esta situación. No debo juzgarme a mí misma. No debo culparme por nada. Él está a mi lado.

—Hay luz al final del túnel.

Quiero creerlo, pero mis pies están pegados al cemento. En cualquier caso, no te preocupes, voy a seguir luchando. He luchado durante todos estos meses. Ya me he enfrentado a etapas similares, y acabaron pasando. Un día me despertaré y todo habrá sido como una pesadilla. Estoy segura.

Pide la cuenta, me coge de la mano, paramos un taxi. Algo han mejorado las cosas. Confiar en quien amas siempre da buenos resultados.

Jacob König, ¿qué estás haciendo en mi habitación, en mi cama, en mis pesadillas? Deberías estar trabajando duro, al fin y al cabo faltan menos de tres días para las elecciones al Consejo Municipal y perdiste valiosísimas horas de tu campaña conmigo, comiendo en La Perle du Lac y charlando en el Parc des Eaux-Vives.

¿No te llega? ¿Qué haces en mis sueños y en mis pesadillas? Hice exactamente lo que me sugeriste: hablé con mi marido, comprendí el amor que siente por mí. Y esa sensación de que la felicidad se había esfumado de mi vida desapareció al hacer el amor como hacía tiempo que no lo hacíamos.

Por favor, apártate de mis pensamientos. Mañana va a ser un día duro. Tengo que levantarme temprano para llevar a los niños al colegio, ir al supermercado, buscar un sitio para aparcar, pensar en un artículo original sobre algo tan poco original como la política... Déjame en paz, Jacob König.

Soy feliz en mi matrimonio. Y tú no sabes, ni te imaginas que estoy pensando en ti. Me gustaría tener a alguien aquí esta noche para contarme historias felices, para cantarme una canción que me haga conciliar el sueño, pero no. Solo puedo pensar en ti.

Estoy perdiendo el control. Aunque ya hace una semana que no nos vemos, insistes en estar presente.

Si no desapareces, me veré obligada a ir a tu casa a tomar el té contigo y con tu mujer, comprenderé que sois felices, que no tengo ninguna posibilidad, que mentiste al decir que te veías reflejado en mis ojos, que permitiste que me hiciera daño con aquel beso que ni siquiera me habías pedido.

Espero que me entiendas, rezo para que así sea, porque ni yo misma entiendo lo que quiero.

Me levanto, voy al ordenador para hacer una búsqueda sobre «Cómo conquistar a tu hombre». Sin embargo, en lugar de eso, tecleo «Depresión». Tengo que estar absolutamente segura de lo que me está pasando.

Entro en una página que permite al lector hacer un autodiagnóstico: «Descubre si tienes algún problema mental». Hay una lista de preguntas, y mi respuesta a la mayoría de ellas es no.

Resultado: «Puede que estés pasando por un momento difícil, pero nada que se acerque al cuadro clínico de un individuo deprimido. No hay necesidad de ver a un médico».

¿Qué había dicho? Lo sabía. No estoy enferma. Al parecer, estoy haciendo todo esto únicamente para llamar la atención. ¡O tal vez lo haga para engañarme a mí misma, para que mi vida sea un poco más interesante, porque tengo problemas! Los problemas siempre requieren soluciones, y puedo dedicar mis horas, mis días, mis semanas a buscarlas.

Tal vez incluso sea una buena idea que mi marido le pida a nuestro médico algo para ayudarme a dormir. A lo mejor es el estrés en el trabajo, especialmente en esta temporada de elecciones, lo que me hace estar muy tensa. Me paso la vida tratando de ser mejor que los demás, tanto en el trabajo como en la vida personal, y no es fácil equilibrar las dos cosas.

Hoy es sábado, víspera de las elecciones. Tengo un amigo que dice que odia los fines de semana porque la bolsa de valores no funciona y no tiene con qué distraerse.

Mi marido me ha convencido de que tenemos que salir. Su argumento ha sido sacar a los niños a pasear un poco. No podemos pasar los dos días fuera porque mañana tengo guardia en el periódico.

Me pide que me ponga un pantalón de chándal. Me da vergüenza salir así, sobre todo para ir a Nyon, la antigua y gloriosa ciudad que un día albergó a los romanos y ahora cuenta con menos de veinte mil habitantes. Le digo que el chándal es algo para usar cerca de casa, cuando todos saben que estás haciendo ejercicio, pero él insiste.

Como no me apetece discutir, hago lo que me pide. De hecho, no me apetece discutir con nadie sobre nada, ese es mi estado actual. Cuanto más tranquila, mejor.

Mientras voy a un picnic a una pequeña ciudad que queda a menos de treinta minutos en coche, Jacob debe de estar visitando a votantes, hablando con asesores y amigos, nervioso y tal vez un poco estresado, pero feliz porque algo sucede en su vida. Las encuestas de opinión en Suiza no dicen gran cosa, porque aquí el voto secreto se toma en serio, pero al parecer será reelegido.

Su mujer debe de haber pasado la noche sin pegar ojo, pero por razones muy diferentes de las mías. Planea cómo va a recibir a los amigos una vez que los resultados se anuncien oficialmente. Esta mañana debe de estar en la feria de la rue de Rive, donde todas las semanas se levantan puestos de legumbres, verduras y carne delante de la puerta del banco Julius Baer y de los escaparates de Prada, Gucci, Armani y otras marcas de lujo. Elige lo mejor, sin fijarse en el precio. Después tal vez coja el coche para dirigirse a Satigny, a visitar alguno de los numerosos viñedos que son el orgullo de la región, para degustar alguna añada diferente y escoger uno que satisfaga a los que realmente entienden de vinos, como parece ser el caso de su marido.

Volverá a casa cansada pero feliz. Oficialmente, Jacob sigue haciendo campaña, pero ¿por qué no dejar las cosas listas la noche anterior? ¡Dios mío, acaba de darse cuenta de que tiene menos queso de lo que pensaba! Coge el coche de nuevo y vuelve a la feria. Entre las decenas de variedades allí expuestas, elegirá los que son el orgullo del cantón de Vaud: gruyer (las tres variedades posibles: dulce, salado y el favorito de todos, que tarda entre nueve y doce meses en estar en su punto), *tomme vaudoise* (suave, para consumir fundido o al natural), y L'Etivaz (leche de vaca alpina, lentamente cocinada en un fuego de leña).

¿Valdrá la pena entrar en alguna tienda y comprar ropa nueva para la ocasión? Tal vez sea demasiada ostentación. Lo mejor es sacar del armario el Moschino comprado en Milán, viaje en el que acompañó a su marido a una conferencia sobre leyes laborales.

Y ¿cómo estará Jacob?

Llama a su mujer cada hora para preguntarle qué debe decir, qué calle o qué barrio será mejor visitar, si la *Tribune de Genève* ha publicado algo nuevo en su página. Cuenta con ella y con sus consejos, libera parte de la tensión de cada visita que hace hoy, le pregunta qué estrategia seguir y adónde debe ir a continuación. Tal como insinuó durante nuestra conversación en el parque, sigue en política para no decepcionarla. Aunque detesta todo lo que hace, el amor confiere un aspecto distinto a sus esfuerzos. Si continúa con su brillante carrera, llegará a ser presidente de la Confederación. Lo cual, en Suiza, no quiere decir nada, porque todos sabemos que los presidentes cambian cada año y son elegidos por el Consejo Federal. Pero ¿a quién no le gustaría decir que su marido ha sido presidente de la Confederación Helvética, conocida en todo el mundo como Suiza?

Eso le abrirá puertas. Lo invitarán a conferencias en lugares lejanos. Alguna gran empresa lo llamará para formar parte del consejo de administración. El futuro del matrimonio König es brillante, mientras que yo, en este momento, tengo por delante la carretera y la perspectiva de un día de picnic, vestida con un chándal horroroso.

Lo primero que hacemos es visitar el museo romano y después subimos la pequeña colina para ver algunas ruinas. Nuestros hijos juegan. Ahora que mi marido lo sabe todo, me siento aliviada: no tengo que fingir todo el tiempo.

—Vamos a correr un poco por la orilla del lago.

¿Y los niños?

—No te preocupes. Están lo suficientemente bien educados como para obedecernos si les pedimos que nos esperen aquí.

Bajamos hasta la orilla del lago Lemán, al que los extranjeros llaman *lago de Ginebra*. Él compra helados para los niños, les pide que se sienten en un banco y que esperen allí mientras mamá y papá van a correr un rato para hacer ejercicio. El mayor se queja de que no ha llevado el iPad. Mi marido va al coche a coger el maldito aparato. A partir de ese momento, la pantalla es la mejor niñera posible. No se van a mover hasta haber matado a unos cuantos terroristas en unos juegos que parecen hechos para adultos.

Nos ponemos a correr. Por un lado están los jardines, por el otro las gaviotas y los barcos que aprovechan el mistral. El viento no dejó de soplar el tercer día, ni el sexto, y ya debe de estar llegando el noveno, en el que desaparecerá durante un tiempo, llevándose consigo el cielo azul y el buen tiempo. Seguimos por la pista durante quince minutos. Nyon ha quedado atrás y es mejor dar media vuelta.

Hace tiempo que no hago ejercicio. Cuando llevamos veinte minutos corriendo, me detengo. No puedo más. Puedo hacer el resto del recorrido andando.

—¡Claro que puedes! —me anima mi marido, saltando a mi lado, sin perder el ritmo— . No lo dejes. Ve hasta el final.

Inclino el cuerpo hacia adelante con las manos sobre las piernas. Mi corazón está acelerado; culpa de las noches de insomnio. Él no deja de correr a mi alrededor.

—¡Venga, sí que puedes! Ese es el problema: parar. Hazlo por mí, por los niños. No se trata de una simple carrera para hacer ejercicio. Se trata de que hay una línea de meta y sabes que no se puede renunciar por el camino.

¿Se estará refiriendo a mi tristeza compulsiva?

Se me acerca. Me coge de las manos y me sacude suavemente. Estoy exhausta para correr, sin embargo, también me siento demasiado cansada para resistirme. Hago lo que me pide. Seguiremos juntos los diez minutos que faltan.

Paso junto a unos carteles de candidatos al Consejo de los Estados, que no había visto al ir. Entre ellos está el de Jacob König, sonriendo a la cámara.

Aumento la velocidad. Mi marido se sorprende y también acelera el paso. Llegamos en siete minutos, en lugar de los diez previstos. Los niños no se han movido. A pesar de los hermosos paisajes alrededor, con las montañas, las gaviotas, los Alpes en el horizonte, tienen los ojos pegados a la pantalla de ese aparato devorador de almas.

Mi marido se acerca a ellos, pero yo paso de largo. Él me mira sorprendido y feliz al mismo tiempo. Debe de pensar que sus palabras han surtido efecto, que estoy llenando mi cuerpo de las tan necesarias endorfinas, que se liberan en la sangre cada vez que hacemos una actividad física un poco más intensa, como cuando corremos o tenemos un orgasmo. Las principales características de esta hormona son mejorar el humor, mejorar el sistema inmunológico, prevenir el envejecimiento prematuro, pero, sobre todo, dar sensación de euforia y placer.

Sin embargo, no es nada de eso lo que la endorfina me está haciendo. Solo me ha dado fuerza extra para seguir adelante, corriendo hasta desaparecer en el horizonte, dejándolo todo atrás. ¿Por qué he tenido unos hijos tan maravillosos? ¿Por qué conocí a mi marido y me enamoré de él? Si no se hubiera cruzado en mi vida, ¿no sería yo ahora una mujer libre?

Estoy loca. Debería seguir corriendo hasta el hospital más cercano, porque no debería pensar esas cosas. Pero sigo pensándolas.

Corro unos minutos más y vuelvo. A mitad de camino me entra el pánico ante la posibilidad de que mi deseo de libertad se convierta en realidad y de no encontrar a nadie al volver al parque en Nyon.

Pero están allí, sonriendo ante la llegada de la madre y amante esposa. Los abrazo. Estoy sudando, siento que mi cuerpo y mi mente están sucios, pero aun así los abrazo con fuerza contra mi pecho.

A pesar de lo que siento. O, mejor dicho, a pesar de lo que no siento.

Uno no elige su vida: es la vida la que lo elige. Y si lo que te ha reservado son alegrías o tristezas, es algo que está más allá de tu comprensión. Acéptalo y sigue adelante.

No elegimos nuestra vida, pero decidimos qué hacer con las alegrías y las tristezas que recibimos.

Esta tarde de domingo, estoy en la sede del partido por deber profesional (convencí a mi jefe y ahora trato de convencerme a mí misma). Son las seis menos cuarto y la gente lo está celebrando. Al contrario de lo que imaginé en mis pensamientos enfermizos, ninguno de los candidatos elegidos dará una recepción. Así que no será esta vez mi oportunidad de conocer la casa de Jacob y Marianne König.

En cuanto llegué, recibí los primeros datos. Ha votado más del 45 por ciento del estado, lo cual es un récord. Una mujer quedó en primer lugar y Jacob alcanzó un honroso tercer puesto, que le dará el derecho a entrar en el gobierno, si el partido así lo decide.

La sala principal está decorada con globos amarillos y verdes, la gente ha empezado a beber y algunos me hacen la señal de la victoria, tal vez con la esperanza de que mañana aparecerá publicado en el periódico. Pero los fotógrafos no han llegado todavía, hoy es domingo y hace buen día.

Jacob me ve y enseguida mira hacia otro lado buscando a alguien con quien hablar de temas que imagino de lo más aburridos.

Necesito trabajar o al menos fingirlo. Saco una grabadora, una libreta y un rotulador. Camino de un lado a otro recogiendo declaraciones como «Ahora podemos aprobar el decreto sobre la inmigración» o «Los votantes entienden que se equivocaron la última vez y ahora vuelven a elegirme».

La gran vencedora dice: «El voto femenino fue fundamental».

Léman Bleu, la televisión local, ha instalado un estudio en la sala principal. Su presentadora política, el oscuro objeto de deseo de nueve de cada diez hombres allí presentes, hace preguntas inteligentes, pero solo recibe respuestas preparadas y aprobadas por los asesores.

En un determinado momento Jacob König es llamado a escena, y trato de acercarme para escuchar lo que dice, pero alguien bloquea mi camino.

—Hola, soy la señora König. Jacob me ha hablado mucho de ti.

¡Qué mujer! Rubia, de ojos azules, con un elegante cárdigan negro y una bufanda roja de Hermès. Por cierto, esa es la única pieza de marca que se le ve. Lo demás debe de estar hecho en exclusiva por el mejor estilista de París, cuyo nombre ha de mantenerse en secreto para evitar copias.

La saludo, tratando de parecer sorprendida.

¿Jacob te ha hablado de mí? Lo entrevisté y, unos días más tarde, comimos juntos. Aunque los periodistas no debemos dar nuestra opinión sobre los entrevistados, creo que tu marido es un hombre valiente por haber denunciado el intento de chantaje.

Marianne (o la señora König, tal como se ha presentado) finge estar pendiente de mis palabras. Debe de saber más de lo que muestran sus ojos. ¿Le habrá hablado Jacob de nuestra cita en el Parc des Eaux-Vives? ¿Debería tocar el tema?

La entrevista con el canal Léman Bleu ya ha empezado, pero ella no parece interesada en escuchar a su marido, porque sin duda ya se lo sabe de memoria. Seguro que fue ella quien eligió la camisa azul claro y la corbata gris, la americana de franela de corte perfecto, el reloj que lleva puesto (ni demasiado caro, para no parecer ostentoso, ni tan barato que implique desprecio por una de las principales industrias del país).

43

Le pregunto si tiene alguna declaración que hacer. Ella dice que, si me estoy refiriendo a su trabajo como profesora adjunta de filosofía en la Universidad de Ginebra, será un placer. Pero como la mujer de un político elegido, sería absurdo.

Creo que me está provocando y decido pagarle con la misma moneda.

Le comento que admiro su dignidad. Me he enterado de que su marido ha tenido una aventura con la mujer de un amigo y, a pesar de todo, no provocó un escándalo. Aun cuando todo apareció en los periódicos poco antes de las elecciones.

—Todo lo contrario. Cuando se trata de sexo consentido en el que no tiene nada que ver el amor, estoy a favor de las relaciones abiertas.

¿Estará insinuando algo? No puedo mirar directamente a esos ojos azules como faros. Lo único que puedo ver es que no utiliza mucho maquillaje. No lo necesita.

—Y te digo más —añade—. Fue idea mía notificárselo a tu periódico por medio de un informante anónimo y desvelarlo todo la semana de las elecciones. La gente olvidará rápidamente la infidelidad, pero siempre recordarán la valentía con la que denunció la corrupción, aun a riesgo de crear un problema en su familia.

Ella se ríe de la última frase y advierte que son declaraciones *off de record*, es decir, no deben ser publicadas.

Le digo que, según las reglas del periodismo, la gente debe pedir que sea *off de record* antes de comentar algo. El periodista puede estar o no de acuerdo. Pedirlo después es como tratar de detener una hoja que ha caído al río y se dirige hacia donde las aguas la quieran llevar. La hoja ha dejado de tener decisión propia.

—Pero estarás de acuerdo, ¿no? Imagino que no tienes el menor interés en perjudicar a mi marido.

En menos de cinco minutos de conversación ya existe una clara hostilidad entre nosotras. Mostrando cierto malestar, acepto dejar las declaraciones *off de record*. Ella graba en su memoria prodigiosa que la próxima vez deberá avisar antes. Cada minuto aprende algo nuevo. Cada minuto se acerca más a su ambición. Sí, *su* ambición, porque Jacob ha demostrado ser infeliz con la vida que lleva.

No me quita los ojos de encima. Decido volver a mi papel de periodista y le pregunto si tiene algo más que añadir. ¿Ha preparado una fiesta en casa para los amigos cercanos?

—¡Por supuesto que no! Piensa el trabajo que me daría. Y, además, ya ha sido elegido. Las fiestas y las cenas hay que darlas antes, para recaudar votos.

Una vez más me siento como una completa idiota, pero tengo que hacer por lo menos otra pregunta.

¿Jacob está contento?

Y entonces me doy cuenta de que he tocado fondo. La señora König, con un aire condescendiente, responde tranquilamente, como una profesora dándome una lección:

—Por supuesto que está contento. ¿Cómo no iba a estarlo?

A esta mujer habría que matarla y descuartizarla.

Nos abordan al mismo tiempo: a mí, un asesor que quiere presentarme a la ganadora; a ella, alguien que quiere saludarla. Le digo que ha sido un placer conocerla. Me gustaría añadir que en otro momento me gustaría averiguar (*off the record*, por supuesto) qué ha querido decir con lo de sexo consentido con la mujer de un amigo, pero no me da tiempo. Le doy mi tarjeta, por si necesita algo, pero ella no me da la suya. Antes de alejarme, sin embargo, delante del asesor de la ganadora y del hombre que se ha acercado a saludarla por la victoria de su marido, me coge del brazo y dice:

—He estado con esa amiga nuestra que comió con mi marido. Me da pena. Se pasa la vida haciéndose la fuerte, cuando en realidad es frágil. Finge seguridad, pero se pasa el tiempo preguntándose lo que los demás piensan de ella y de su trabajo. Debe de ser una persona muy solitaria. Como sabes, querida, nosotras las mujeres tenemos un sexto sentido aguzadísimo para detectar quién quiere poner en peligro nuestra relación. ¿Verdad?

Por supuesto, respondo sin emoción alguna. El asesor pone cara de contrariedad. La ganadora me está esperando.

—Aunque no tiene ninguna posibilidad —añade Marianne.

Entonces me tiende la mano, se la estrecho y la veo alejarse sin más explicaciones.

Durante toda la mañana del lunes, llamo insistentemente al móvil de Jacob. No contesta. Pruebo con el número oculto, deduciendo que tiene mi teléfono grabado. Lo intento más veces, pero sigue sin responder.

Llamo a sus asesores. Me informan de que, al ser la jornada siguiente a las elecciones, tiene un día muy ocupado. Bueno, tengo que hablar con él sea como sea y voy a seguir insistiendo.

Utilizo una táctica a la que recurro con cierta frecuencia: usar el móvil de otra persona que no esté en sus contactos.

El teléfono suena dos veces y Jacob contesta. Soy yo. Tengo que verte urgentemente.

Él responde con educación, me dice que tal vez hoy sea imposible, pero que volverá a llamarme.

—¿Es este tu nuevo número?

No, es un teléfono móvil prestado. Porque no contestabas a mis llamadas.

Se ríe, como si hablase sobre el tema más gracioso del mundo. Supongo que está rodeado de gente, y disimula bien.

Alguien sacó una foto en el parque y quiere chantajearme, miento. Diré que la culpa fue suya, que me agarró. La gente que lo eligió pensando que solo había sucedido una vez se va a sentir muy decepcionada. Aunque haya sido elegido para el Consejo de los Estados, puede perder la oportunidad de convertirse en ministro.

—¿Estás bien?

Le digo que sí, le pido que me envíe un mensaje indicándome dónde y a qué hora nos vemos mañana y luego cuelgo.

Estoy genial.

¿Por qué no iba a estarlo? Por fin tengo algo de qué preocuparme en mi vida aburrida. Y mis noches de insomnio ya no están llenas de pensamientos vagos y descontrolados: ahora sé lo que quiero. Tengo una enemiga a la que destruir y un objetivo que alcanzar.

Un hombre.

No es amor, o tal vez lo sea, pero eso no viene al caso. Mi amor me pertenece y soy libre para ofrecérselo a quien me dé la gana, aunque no sea correspondido. Evidentemente, sería genial que ocurriera, pero si no ocurre, paciencia. No voy a dejar de excavar en este pozo en el que estoy, porque sé que en el fondo hay agua, agua viva.

Me alegra lo que acabo de pensar: soy libre para amar a cualquiera en el mundo. Puedo decidirlo sin tener que pedirle permiso a nadie. ¿Cuántos hombres han estado enamorados de mí sin ser correspondidos? Y aun así me enviaban regalos, me cortejaban, se humillaban delante de sus amigos. Y nunca se enfadaron conmigo.

Cuando volvían a verme, todavía se veía en sus ojos el brillo de la conquista inalcanzada, pero también del deseo de seguir intentándolo toda la vida.

Si ellos reaccionaban así, ¿por qué no puedo yo hacer lo mismo? Es interesante luchar por un amor no correspondido.

Puede no ser divertido. Puede dejar huellas profundas e irreparables. Pero es interesante, especialmente para una persona que hace algunos años que empezó a tener miedo de correr riesgos y experimenta momentos de terror ante la posibilidad de que las cosas cambien y no ser capaz de controlarlas.

Ya no voy a reprimirme. Este reto me está salvando.

Hace seis meses compramos una lavadora nueva, y para eso hubo que cambiar la tubería. Tuvimos que cambiar el suelo y volver a pintar la pared. Al final, esa zona de la casa era más bonita que la cocina.

Para evitar el contraste, reformamos la cocina. Entonces nos dimos cuenta de lo viejo que estaba el salón. Remodelamos el salón, que quedó más acogedor que el despacho, sin cambios desde hacía casi diez años.

Seguimos con el despacho. Poco a poco, la reforma se fue extendiendo por toda la casa. Espero que lo mismo suceda en mi vida. Que las pequeñas cosas conduzcan a grandes transformaciones.

Dedico bastante tiempo a investigar la vida de Marianne, que se presenta formalmente como la señora König. Nacida en una familia rica, socia de una de las mayores compañías farmacéuticas del mundo. En las fotos que hay en internet siempre aparece elegante, ya sea en eventos sociales o deportivos. Siempre perfectamente vestida para la ocasión. Nunca iría con chándal a Nyon ni con un Versace a una discoteca llena de jóvenes, como yo.

Posiblemente la mujer más envidiable de Ginebra y sus alrededores. Aunque es la heredera de una fortuna y está casada con un político prometedor, tiene su propia carrera como profesora adjunta de filosofía. Ha escrito dos tesis, una de ellas de doctorado, titulada «La vulnerabilidad y la psicosis después de la jubilación», publicada por Éditions Université de Genève. Asimismo ha publicado dos trabajos en la respetada revista *Les Rencontres*, en cuyas páginas también han aparecido, entre otros, Adorno y Piaget. Tiene su propia entrada en la versión francesa de Wikipedia, aunque no se actualiza con mucha frecuencia. En ella se la describe como «especialista en agresión, conflicto y asedio en los asilos de la Suiza francesa».

Debe de saber acerca de las agonías y los éxtasis del ser humano, un conocimiento tan profundo que no pudo sorprenderse por el «sexo consentido» de su marido.

Se trata de una brillante estratega, ya que consiguió que un periódico tradicional se fiara de informantes anónimos, que nunca deben tomarse en serio y que no son muy frecuentes en Suiza. Dudo que se identificara como una fuente.

Manipuladora: fue capaz de convertir algo que podría ser devastador en una lección de tolerancia y complicidad entre la pareja y en una lucha contra la corrupción.

Visionaria: lo suficientemente inteligente como para esperar antes de tener hijos. Todavía hay tiempo. Hasta entonces, puede construir todo lo que desea sin que la molesten los llantos en mitad de la noche ni los vecinos diciéndole que debería renunciar a su trabajo y prestarles más atención a los niños. (Porque eso es exactamente lo que mis vecinos hacen.)

Excelente instinto: no me ve como una amenaza. A pesar de las apariencias, no soy un peligro para nadie, solo para mí misma.

Esa es la clase de mujer que quiero destruir sin la menor piedad.

Porque no es la pobre mujer que se levanta a las cinco de la mañana para ir a trabajar al centro de la ciudad, sin visado de residencia, aterrada ante la posibilidad de que un día descubran que está aquí ilegalmente. No es la típica pija ricachona casada con un alto funcionario de Naciones Unidas, de fiesta en fiesta, haciendo lo posible para demostrar lo rica y feliz que es, a pesar de que todo el mundo sabe que su marido tiene una amante veinte años más joven que ella. No es la amante de ese mismo alto funcionario de Naciones Unidas, que trabaja en la organización y, por más que trabaje bien y se esfuerce, nadie se lo va a reconocer porque «tiene una aventura con el jefe».

No es la ejecutiva solitaria y poderosa que tuvo que mudarse a Ginebra por la sede de la Organización Mundial del Comercio, donde todos se toman muy en serio el acoso sexual en el trabajo y no se atreven a cruzar la mirada con nadie. Y que por la noche se queda mirando la pared de la gran mansión que ha alquilado y, alguna que otra vez, contrata a un chico de compañía para distraerla y hacerla olvidar que se pasará el resto de su vida sin marido, ni hijos, ni amantes.

No, Marianne no encaja en ninguno de esos perfiles. Es una mujer plena.

He dormido mejor. He quedado con Jacob antes del fin de semana. Al menos eso es lo que me ha prometido, y dudo que tenga el coraje de cambiar de idea. Estaba nervioso durante nuestra única conversación telefónica, el lunes.

Mi marido cree que el sábado en Nyon me sentó bien. Ni se imagina que fue precisamente ese día cuando descubrí lo que realmente me estaba haciendo tanto daño: la falta de pasión, de aventura.

Uno de los síntomas que noté fue una especie de autismo psicológico. Mi mundo, que antes era amplio y pleno de posibilidades, fue reduciéndose a medida que aumentaba la necesidad de seguridad. ¿Por qué? Debe de ser un legado de nuestros antepasados que vivían en cuevas: los grupos se protegen, los solitarios son diezmados.

Aun sabiendo de sobra que, a pesar de estar en grupo, es imposible controlarlo todo, como por ejemplo la caída del cabello o una célula que enloquece y se convierte en tumor.

Pero la falsa seguridad nos hace olvidarlo. Cuanto más podamos ver las paredes de nuestra vida, mejor. Aunque solo sea un límite psicológico, aunque en el fondo sepamos que tarde o temprano la muerte entrará sin pedir permiso, es bueno fingir que lo tenemos todo bajo control.

Últimamente tenía el ánimo rebelde e inquieto, como el mar. He hecho un resumen de mi recorrido hasta el momento y parece que estoy haciendo un viaje transoceánico en una balsa rudimentaria, en plena época de tormentas. ¿Sobreviviré?, me pregunto ahora que ya no hay vuelta atrás.

Sobreviviré, por supuesto.

Ya me he enfrentado a tormentas antes. También he hecho una lista de cosas en las que debo concentrarme cuando tenga la sensación de estar cayendo otra vez en el agujero negro:

• Jugar con mis hijos. Leerles cuentos que les sirvan de lección tanto a ellos como a mí, porque los cuentos no tienen edad.

• Mirar al cielo.

• Beber vasos de agua mineral helada. Puede que sea exageradamente simple, pero me siento revigorizada cuando lo hago.

• Cocinar. Ese es el arte más bello y completo. Actúa sobre los cinco sentidos y sobre otro más, la necesidad de dar lo mejor de nosotros mismos. Es mi terapia favorita.

• Escribir mi lista de quejas. ¡Ese sí que fue un descubrimiento! Cada vez que me enfado por algo, me quejo y después lo anoto. Al final del día me doy cuenta de que me enfadé en vano.

• Sonreír, aunque tenga ganas de llorar. Este es el más difícil de todos los elementos de la lista, pero nos acostumbramos. Los budistas dicen que una sonrisa permanente en el rostro, por falsa que sea, acaba iluminando el alma.

• Darme dos duchas al día en lugar de una. Se reseca la piel debido al alto nivel de cal y de cloro en el agua de la ciudad, pero merece la pena porque lava el alma.

Todo eso, sin embargo, solo funciona porque ahora tengo un objetivo: conquistar a un hombre. Soy un tigre acorralado, sin poder escapar. Lo único que me queda es atacar con furia.

Por fin tengo una cita: mañana a las tres en el restaurante del club de golf de Cologny. Podría haber sido en cualquier cafetería de la ciudad o en un bar en alguna de las transversales que dan a la principal (y se podría decir única) calle comercial de la ciudad, pero eligió el restaurante del club de golf.

A media tarde.

Porque a esa hora el restaurante estará vacío y vamos a tener más privacidad. Tengo que encontrar una excusa decente para mi jefe, pero eso no es un gran problema. Después de todo, escribí un artículo sobre las elecciones que acabó siendo reproducido en muchos otros periódicos de todo el país.

Un lugar discreto es lo que debe de tener en mente. Un lugar romántico es lo que pienso yo, con esa manía mía de creerme todo lo que quiero. El otoño ha teñido los árboles de diferentes colores dorados, y puede que invite a Jacob a dar un paseo. Pienso mejor cuando estoy en movimiento. Y aún mejor cuando corro, como ocurrió en Nyon, pero no creo que eso vaya a ser posible.

Ra, ra, ra.

Esta noche, la cena aquí en casa ha sido *raclette*, un queso fundido, con rodajas de carne de bisonte cruda y la tradicional patata *rösti* (pelada y asada) con nata. Mi familia ha preguntado si celebrábamos algo especial y les he dicho que sí: el hecho de estar juntos y poder disfrutar de una cena tranquila. Después me he dado la segunda ducha del día, dejando que el agua lavase toda mi ansiedad. Me he puesto un montón de cremas y he ido a la habitación de los niños a leerles un cuento. Los he encontrado pegados a sus tabletas. ¡Deberían estar prohibidas para menores de quince años!

Les he mandado apagarlas, han obedecido de mala gana, he cogido un libro de cuentos tradicionales, lo he abierto al azar y he leído:

Durante la era glacial, muchos animales se morían a causa del frío. Entonces los erizos decidieron unirse en grupo, para calentarse y protegerse los unos a los otros.

Pero las púas herían a los compañeros más cercanos, precisamente a los que proporcionaban más calor. Debido a eso decidieron separarse.

Y volvían a morir congelados.

Entonces tuvieron que tomar una decisión: o desaparecían de la faz de la Tierra, o aceptaban las púas de los demás.

Sabiamente, decidieron unirse una vez más. Aprendieron a vivir con las pequeñas heridas que una relación muy cercana puede provocar, ya que lo más importante era el calor del otro. Y así sobrevivieron.

Los niños quieren saber cuándo van a poder ver un erizo de verdad.

—¿En el zoológico hay?

No lo sé.

—¿Qué es la *era glacial*?

Un período en el que hacía mucho frío.

—¿Como en el invierno?

Sí, pero un invierno que no terminaba nunca.

—Y ¿por qué no se arrancaron las púas antes de abrazarse?

¡Dios mío! Debería haber elegido otro cuento. Apago la luz y decido cantarles una canción tradicional de un pueblo de los Alpes mientras los acaricio. En poco tiempo ya están dormidos.

Mi marido me ha traído Valium. Siempre me he negado a tomar pastillas porque tengo miedo de hacerme adicta, pero necesito estar en forma para mañana.

Tomo 10 miligramos y duermo profundamente, sin sueños. No me despierto en mitad de la noche.

Llego antes de la hora convenida, paso de largo por el edificio que alberga el club de golf y me dirijo al jardín. Camino hasta los árboles de uno de los extremos, decidida a sacarle el máximo provecho a esta hermosa tarde.

Melancolía. Esa es la primera palabra que me viene a la mente al llegar el otoño. Porque sé que el verano se acaba, los días serán cada vez más cortos y no vivimos en el mundo encantado de los erizos en su era glacial: nadie soporta la menor herida provocada por los demás.

Sí, en otros países empieza a morir gente por culpa de la temperatura, embotellamientos en las carreteras, aeropuertos cerrados. Las chimeneas se encienden, se sacan las mantas del armario. Pero eso solo ocurre en el mundo que construimos.

En la naturaleza, el paisaje es magnífico: los árboles, antes tan parecidos, adquieren personalidad y deciden pintar el bosque en mil tonos diferentes. Una parte del ciclo de la vida llega a su fin. Todo descansa durante un período y resucita en primavera, en forma de flores.

No hay mejor momento que el otoño para empezar a olvidar las cosas que nos molestan. Dejar que se suelten de nosotros como las hojas secas, pensar en volver a bailar, disfrutar de cada momento de sol, que todavía calienta, calentar el cuerpo y el espíritu con sus rayos, antes de que se vaya a dormir y se convierta en una débil bombilla en el cielo.

Desde lejos puedo ver que él ha llegado. Me busca en el restaurante, en la terraza, y le pregunta al camarero, que señala en mi dirección. Ahora Jacob ya me ve y me hace señas. Me pongo a caminar lentamente hacia la sede del club. Quiero que se fije en mi vestido, en los zapatos, en mi abrigo de entretiempo, en mi modo de andar. Aunque mi corazón se haya disparado, no puedo perder el ritmo.

Busco las palabras. ¿Por qué misteriosa razón volvemos a vernos? ¿Por qué tratamos de controlarnos, aun sabiendo que hay algo entre nosotros? ¿Tenemos miedo de tropezar y caer, como otras tantas veces?

Mientras camino, parece que estoy entrando en un túnel por el que nunca he pasado: el que lleva del cinismo a la pasión, de la ironía a la entrega.

¿Qué pensará mientras camino hacia él? ¿Tengo que explicarle que no tenemos que asustarnos y que «si el Mal existe, está escondido en nuestros miedos»?

Melancolía. La palabra que ahora me está transformando en una mujer romántica y me rejuvenece a cada paso.

Sigo buscando las palabras adecuadas para decirle cuando llegue junto a él. Lo mejor es no buscar, sino dejar que fluyan naturalmente. Están aquí conmigo. Puedo no reconocerlas, no aceptarlas, pero son más poderosas que mi necesidad de controlarlo todo.

¿Por qué no quiero escuchar mis propias palabras antes de decírselas a él?

¿Es el miedo? ¿Qué puede ser peor que una vida gris, triste, con todos los días iguales? ¿Peor que el pánico a que todo desaparezca, incluida mi propia alma, y a quedarme completamente sola en este mundo, después de haberlo tenido todo para ser feliz?

50

Veo, a contraluz, las sombras de las hojas que caen de los árboles. Lo mismo está ocurriendo dentro de mí: a cada paso que doy, cae una barrera, se destruye una defensa, se derrumba un muro, y mi corazón, escondido detrás de todo eso, comienza a ver la luz del otoño y a regocijarse con ella.

¿De qué hablamos hoy? ¿Sobre la música que he escuchado en el coche de camino hacia aquí? ¿Del viento en los árboles? ¿De la naturaleza humana con todas sus contradicciones, oscuridad y redención?

Hablaremos de melancolía y él dirá que es una palabra triste. Le diré que no, que es nostálgica, trata de algo olvidado y frágil, como lo somos todos cuando fingimos no ver el camino al que nos ha llevado la vida sin pedirnos permiso, cuando negamos nuestro destino porque nos conduce hacia la felicidad, pero lo que realmente queremos es seguridad.

Unos cuantos pasos más. Más barreras que se derrumban. Más luz que entra en mi corazón. Ya no se me pasa por la cabeza controlar nada, solo vivir esta tarde, que no va a volver a repetirse. No tengo que convencerlo de nada. Si no lo entiende ahora, lo entenderá más tarde. Solo es cuestión de tiempo.

A pesar del frío, nos sentaremos en la terraza. Así, él puede fumar. Al principio estará a la defensiva, tratando de saber más acerca de la foto que alguien sacó en el parque.

Pero hablaremos de la posibilidad de vida en otros planetas, la presencia de Dios, muchas veces olvidada debido a nuestro comportamiento. Hablaremos de fe, de milagros y de encuentros planeados incluso antes de que naciéramos.

Discutiremos sobre la eterna lucha entre ciencia y religión. Hablaremos del amor, siempre percibido como un deseo y una amenaza al mismo tiempo. Insistirá en que mi definición de melancolía no es correcta, pero me limitaré a tomar mi té en silencio, observando la puesta de sol en las montañas del Jura, contenta de estar viva.

Ah, también hablaremos de flores, aunque las únicas a la vista sean las que están dentro del bar, procedentes de algún invernadero que las produce en serie. Pero es bueno hablar de flores en otoño. Nos da la esperanza de la primavera.

Faltan pocos metros. Las paredes ya se han derrumbado por completo. Acabo de renacer.

Llego junto a él y lo saludo con los convencionales tres besos en las mejillas, como manda la tradición suiza (cada vez que viajo y doy el tercero, la gente se asusta). Me doy cuenta de lo nervioso que está y sugiero que nos quedemos en la terraza; tendremos más privacidad y podrá fumar. El camarero ya lo conoce. Jacob le pide Campari con tónica y yo té, como había planeado.

Para ayudarlo a relajarse, empiezo a hablar de la naturaleza, de los árboles y de lo hermoso que es darse cuenta de cómo todo cambia constantemente. ¿Por qué tratamos de repetir el mismo patrón? Es imposible. Es antinatural. ¿No sería mejor tomarse esos desafíos como una fuente de conocimiento y no como nuestros enemigos?

Él continúa nervioso. Responde de forma automática, como si quisiera terminar ya la conversación, pero no voy a permitirlo. Este es un día único en mi vida y merece ser respetado como tal. Sigo hablando de cosas que se me han ocurrido mientras caminaba, aquellas palabras sobre las que no tengo control. Me maravilla verlas salir con tanta precisión.

Hablo de mascotas. Le pregunto si entiende por qué a la gente le gustan tanto. Jacob da una respuesta convencional cualquiera y paso al siguiente tema: ¿por qué es tan difícil aceptar que las personas son diferentes? ¿Por qué hay tantas leyes que tratan de crear nuevas tribus en lugar de simplemente aceptar que las diferencias culturales pueden hacer nuestras vidas más ricas y más interesantes? Pero él dice que está cansado de hablar de política.

Entonces hablaremos sobre un acuario que he visto hoy en el colegio de los niños, cuando he ido a llevarlos. Dentro había un pez que nadaba en círculos junto al cristal, y me

51

he dicho a mí misma: «No recuerda dónde empezó a girar y nunca va a llegar al final. Es por eso por lo que nos gustan los peces en los acuarios: nos recuerdan nuestras vidas, bien alimentados, pero sin poder ir más allá de las paredes de cristal».

Enciende otro cigarrillo. Ya hay dos apagados en el cenicero. Entonces me doy cuenta de que llevo hablando mucho tiempo, en un trance de luz y paz, sin darle una oportunidad para expresar lo que siente. ¿De qué te gustaría hablar?

—De la foto que mencionaste —responde con mucho cuidado, porque nota que estoy en un momento muy delicado.

Ah, la foto. ¡Por supuesto que existe! Está grabada a sangre y fuego en mi corazón y no podré borrarla hasta que Dios me lo permita. Pero entra y mírala con tus propios ojos, porque todas las barreras que protegían mi corazón se fueron desmoronando a medida que me acercaba a ti.

No, no me digas que no conoces el camino, porque ya has entrado en él varias veces, tanto en el pasado como en el presente. Sin embargo, yo me negaba a aceptarlo, y comprendo que tú también te resistes. Somos iguales. No te preocupes, yo te guío.

Después de decirle todo eso, coge mi mano con delicadeza, sonríe y clava el puñal:

—Ya no somos dos adolescentes. Eres una persona maravillosa y, por lo que sé, tienes una gran familia. ¿No has pensado en hacer terapia de pareja?

Por un momento, me siento desorientada. Pero me levanto y me dirijo a mi coche. Sin lágrimas. Sin decir adiós. Sin mirar atrás.

No siento nada. No pienso en nada. Dejo atrás el coche y sigo andando por la carretera, sin saber exactamente adónde ir. Nadie me espera al final de la caminata. La melancolía se ha convertido en apatía. Tengo que forzarme para seguir adelante.

Hasta que cinco minutos más tarde, estoy delante de un castillo. Sé lo que pasó allí: alguien le dio vida a un monstruo conocido hasta hoy, aunque pocos saben el nombre de la mujer que lo creó.

La puerta que da al jardín está cerrada, ¿y qué? Puedo entrar a través de los setos. Puedo sentarme en el banco helado e imaginar lo que sucedió en 1817. Necesito distraerme, olvidar todo lo que me inspiraba antes y concentrarme en algo diferente.

Imagino un día cualquiera de aquel año, cuando su inquilino, el poeta inglés lord Byron decidió exiliarse aquí. Lo odiaban en su país, y también en Ginebra, que lo acusaba de promover orgías y de emborracharse en público. Debía de morirse de aburrimiento. O de melancolía. O de rabia.

Poco importa. Lo que importa es que ese día cualquiera de 1817 dos invitados llegaron de su país. Otro poeta, Percy Bysshe Shelley, y su «mujer» de dieciocho años, Mary.

Un cuarto invitado se unió al grupo, pero ahora no puedo recordar su nombre.

Posiblemente debatieron sobre literatura. Posiblemente se quejaron del tiempo, de la lluvia, del frío, de los habitantes de Ginebra, de sus compatriotas ingleses, de la falta de té y de whisky. Puede que se leyesen poemas unos a otros y se dedicasen elogios mutuos.

Y se creían tan especiales e importantes que decidieron hacer una apuesta: debían volver a ese mismo lugar pasado un año, y cada uno llevaría un libro que hablase de la naturaleza humana.

Es obvio que, pasado el entusiasmo de los planes y de los comentarios sobre cómo el ser humano es una completa aberración, olvidaron lo que habían acordado.

Mary estaba presente durante la conversación. No la invitaron a participar en la apuesta. En primer lugar, porque era una mujer, y además tenía el agravante de ser joven. Sin embargo, aquello debió de marcarla profundamente. ¿Por qué no escribir algo solo para pasar el tiempo? Tenía el tema, únicamente había que desarrollarlo y guardar el libro cuando lo hubiese terminado.

No obstante, cuando regresaron a Inglaterra, Shelley leyó el manuscrito y la animó a publicarlo. Es más, como ya era famoso, decidió que le presentaría a un editor y escribiría el prólogo. Mary se mostró reacia pero finalmente aceptó, con una condición: que su nombre no apareciese en la cubierta.

La tirada inicial de quinientos ejemplares se agotó rápidamente. Mary pensó que sería por el prefacio de Shelley pero, en la segunda edición, estuvo de acuerdo en incluir su nombre. Desde entonces, el título nunca ha dejado de venderse en las librerías de todo el mundo. Ha inspirado a escritores, productores de teatro, directores de cine, fiestas de Halloween, bailes de disfraces. Recientemente, un destacado crítico lo describió como «el trabajo más creativo del Romanticismo, o incluso de los últimos doscientos años».

Nadie puede explicar por qué. La mayoría no lo ha leído nunca, pero prácticamente todo el mundo ha oído hablar de él.

Cuenta la historia de Victor, un científico suizo, nacido en Ginebra y educado por sus padres para entender el mundo a través de la ciencia. Siendo todavía un niño, ve caer un rayo sobre un roble y se pregunta: «¿Vendrá de ahí la vida? ¿Puede el hombre crear la naturaleza humana?».

Y, como una versión moderna de Prometeo, el personaje mitológico que robó el fuego del cielo para ayudar al hombre (la autora utilizó «El moderno Prometeo» como subtítulo, pero nadie se acuerda), se pone a trabajar para repetir la hazaña de Dios. Obviamente, a pesar de toda su dedicación, la experiencia se le va de las manos.

El título del libro: *Frankenstein*.

¡Oh, Dios mío!, en quien apenas pienso todos los días, pero en quien tanto confío en mis horas de aflicción, ¿he venido aquí por casualidad? ¿O ha sido Tu invisible e implacable mano la que me ha conducido hasta este castillo y me ha hecho recordar esa historia?

Mary conoció a Shelley cuando tenía quince años y, a pesar de que estaba casado, no se dejó disuadir por las convenciones sociales y se fue tras el hombre que creía que era el amor de su vida.

¡Quince años! Y ya sabía exactamente lo que quería. Y sabía cómo conseguirlo. Yo tengo treinta y uno, cada hora deseo una cosa y soy incapaz de conseguirla, aunque pueda caminar por una tarde de otoño llena de melancolía y romanticismo, inspirándome para lo que iba a decir cuando llegara el momento.

No soy Mary Shelley. Soy Victor Frankenstein y su monstruo.

Traté de darle vida a algo inanimado y el resultado va a ser el mismo que el del libro: sembrar el terror y la destrucción.

Ya no me quedan lágrimas. No hay más desesperación. Me siento como si mi corazón hubiera desistido de todo y como si mi cuerpo ahora lo reflejase, porque no puedo moverme. Es otoño, la tarde cae deprisa, la hermosa puesta de sol se ve rápidamente sustituida por el crepúsculo. Llega la noche y todavía estoy aquí sentada, junto al castillo, viendo a sus inquilinos escandalizar a la burguesía de Ginebra de principios del siglo XIX.

¿Dónde está el rayo que dio vida al monstruo?

El rayo no viene. El tráfico, que no es intenso en la región, es aún más escaso. Mis hijos esperan la cena, y mi marido, que sabe cómo soy, pronto empezará a preocuparse. Pero parece que tengo una bola de hierro atada a los pies y todavía no soy capaz de moverme.

Soy una perdedora.

¿Se puede obligar a alguien a pedir disculpas por despertar un amor imposible?

No, de ninguna manera.

Porque el amor de Dios por nosotros también es imposible. Nunca se va a ver correspondido del mismo modo y, sin embargo, Él sigue amándonos. Y nos amó hasta el punto de enviar a su único hijo para explicarnos que el amor es la fuerza que mueve el sol y las estrellas. En una de sus epístolas a los corintios (que en el colegio nos obligaban a aprender de memoria), el apóstol Pablo dice:

Aunque yo hablara todas las lenguas de los hombres y de los ángeles, si no tengo Amor, soy como una campana que resuena o como un platillo que retiñe.

Y todos sabemos por qué. A menudo oímos hablar de lo que parecen ser grandes ideas para cambiar el mundo. Pero son palabras pronunciadas sin emoción, vacías de Amor. Por muy lógicas e inteligentes que sean, no nos llegan.

Pablo compara el Amor con la Profecía, con los Misterios, con la Fe y con la Caridad.

¿Por qué el Amor es más importante que la fe?

Porque la Fe no es más que un camino que nos conduce al Amor más grande.

¿Por qué el Amor es más importante que la Caridad?

Porque la Caridad no es más que una de las manifestaciones del Amor. Y el todo es siempre más importante que la parte. Además, la Caridad no es más que uno de los muchos caminos que el Amor utiliza para que el hombre se una a su prójimo.

Y todos sabemos que hay por ahí mucha caridad sin Amor. Cada semana hay un baile «benéfico» aquí cerca. La gente paga una fortuna para conseguir una mesa, participa y se divierte con sus joyas y su ropa carísima. Salimos creyendo que el mundo es mejor gracias a la cantidad recaudada esa noche para los refugiados de Somalia, los marginados de Yemen, los que pasan hambre en Etiopía. Dejamos de sentirnos culpables por el cruel espectáculo de miseria, pero nunca nos preguntamos adónde va a parar ese dinero.

Los que no tienen contactos para ir al baile o no pueden permitirse tal extravagancia pasan junto a un mendigo y le dejan una moneda. Ya está. Es muy fácil echarle una moneda a un mendigo en la calle. En general, es más fácil que no echársela.

¡Qué gran alivio por solo una moneda! Es barato para nosotros y resuelve el problema del mendigo.

Sin embargo, si realmente lo amásemos, haríamos mucho más por él.

O no haríamos nada. No le daríamos la moneda y, ¿quién sabe?, nuestra culpa por esa miseria podría despertar el verdadero Amor.

Pablo compara entonces el Amor con el sacrificio y el martirio.

Hoy entiendo mejor sus palabras. Aunque yo sea la mujer más exitosa del mundo, aunque sea más admirada y más deseada que Marianne König, si no tengo Amor en mi corazón, no vale de nada. *De nada.*

En entrevistas con artistas y políticos, con trabajadores sociales y médicos, con estudiantes y funcionarios públicos, siempre les pregunto: «¿Cuál es el objetivo de tu trabajo?». Algunos contestan: «Formar una familia». Otros dicen: «Ascender en mi carrera». Pero cuando voy más allá e insisto en la pregunta, la respuesta es casi automática: «Mejorar el mundo».

Me apetece ir al pont du Mont-Blanc con un manifiesto impreso en letras doradas y entregárselo a cada coche o persona que pase por allí. En él escribiría:

Ruego a todos aquellos que deseen trabajar algún día por el bien de la humanidad que no olviden nunca que, aunque sus cuerpos sean quemados en nombre de Dios, si no tenéis Amor, no vale de nada. ¡De nada!

Lo más importante que podemos donar es el reflejo del Amor en nuestra vida. Ese es el verdadero lenguaje universal, que nos permite hablar chino o los dialectos de la India. En mi juventud viajé mucho, formaba parte del rito de paso de cualquier estudiante. Conocí países pobres y ricos. La mayoría de las veces, no hablaba el idioma local. Pero en todos esos lugares la elocuencia silenciosa del Amor me ayudó a hacerme entender.

El mensaje del Amor está en la manera de vivir mi vida, no en mis palabras o en mis actos.

En la epístola a los corintios, Pablo nos dice, en tres versos cortos, que el Amor se compone de muchas otras cosas. Como la luz. Aprendemos en el colegio que si cogemos un prisma y hacemos que un rayo de sol lo atraviese, ese haz se divide en los colores del arco iris.

Pablo nos muestra el arco iris del Amor, de la misma manera que el prisma atravesado por un rayo nos muestra el arco iris de la luz.

Y ¿cuáles son esos elementos? Son virtudes de las que oímos hablar todos los días y que podemos practicar en cualquier momento.

Paciencia: *el Amor es paciente.*

Bondad: *es benigno.*

Generosidad: *el Amor no se consume por los celos.*

Humildad: *no se jacta, no se enorgullece.*

Delicadeza: *el Amor no se porta inconvenientemente.*

Entrega: *no busca sus intereses.*

Tolerancia: *no se exaspera.*

Inocencia: *no guarda rencor.*

Sinceridad: *no se alegra con las injusticias, se regocija con la verdad.*

Todos estos dones tienen que ver con nuestro día a día, con el hoy y con el mañana, con la Eternidad.

El gran problema es que la gente suele relacionar eso con el Amor a Dios. Pero ¿cómo se manifiesta el Amor a Dios? Amando a la humanidad.

Para encontrar la paz en el cielo, hay que encontrar el Amor en la Tierra. Sin él, no valemos nada.

Amo y nadie puede impedirlo. Amo a mi marido, que siempre me ha apoyado. Creo que también amo a un hombre que conocí en la adolescencia. Y mientras caminaba hacia él, una hermosa tarde de otoño, bajé del todo mis defensas y ya no puedo levantarlas. Soy vulnerable, pero no me arrepiento.

Esta mañana, mientras me tomaba una taza de café, he visto la suave luz de fuera, me he acordado otra vez de esa caminata, y me he preguntado por última vez: «¿Estoy tratando de crear un problema real para apartar mis problemas imaginarios? ¿Estoy realmente enamorada o simplemente he transferido todas esas sensaciones desagradables de los últimos meses a una fantasía?».

No. Dios no es injusto y nunca permitiría que me enamorase de esa manera si existiera la posibilidad de no ser correspondida.

Sin embargo, a veces el amor exige que luchemos por él. Y es lo que voy a hacer. Al ir en busca de la justicia voy a tener que alejar el mal sin exasperación ni impaciencia. Cuando Marianne esté lejos y él junto a mí, Jacob me lo agradecerá el resto de su vida.

O se marchará, pero me dejará la sensación de que he luchado hasta donde podía.

Soy una mujer nueva. Busco algo que no va a venir a mí de manera espontánea y por libre voluntad. Está casado y considera que cualquier paso en falso podría poner en peligro su carrera.

Entonces ¿en qué tengo que concentrarme? En descasarlo sin que se dé cuenta.

¡Voy a tratar por primera vez con un camello!

Vivo en un país que ha optado por aislarse del mundo y se enorgullece de ello. Cuando uno se decide a visitar los pueblos de los alrededores de Ginebra, una cosa queda clara inmediatamente: no hay sitio para aparcar, a menos que se utilice el garaje de un conocido.

El mensaje es: no vengas, extranjero, porque la vista del lago, la grandeza de los Alpes en el horizonte, las flores silvestres durante la primavera y el tono dorado de los viñedos al llegar el otoño, todo es herencia de nuestros antepasados, que vivieron aquí sin haber sido nunca molestados. Queremos que siga siendo así, entonces no vengas, extranjero. Aunque hayas nacido y te hayas criado en un pueblo vecino, no nos interesa lo que vengas a contarnos. Si quieres aparcar el coche, busca una gran ciudad, con muchos lugares apropiados para eso.

Estamos tan aislados del mundo que todavía creemos en la amenaza de una gran guerra nuclear. Es obligatorio que todas las construcciones del país tengan refugios nucleares. Recientemente un diputado trató de anular esa ley y el Parlamento se opuso: sí, puede ser que nunca haya una guerra nuclear, pero ¿y la amenaza de armas químicas? Tenemos que proteger a nuestros ciudadanos. Por tanto, los costosísimos refugios nucleares se siguen construyendo. Y se convierten en bodegas y almacenes, mientras el Apocalipsis no llega.

Sin embargo, hay cosas que, a pesar de todo nuestro esfuerzo por mantenernos como una isla de paz, no podemos impedir que crucen la frontera.

Como las drogas, por ejemplo.

Los gobiernos cantonales tratan de controlar los puntos de venta y cierran los ojos ante el comprador. Aunque vivimos en un paraíso, ¿no estamos todos estresados por el tráfico, las responsabilidades, los plazos y el hastío? Las drogas estimulan la productividad (como la cocaína) y disminuyen la presión (como el hachís). Así que, para no dar un mal ejemplo al mundo, prohibimos y toleramos al mismo tiempo.

Sin embargo, cuando el problema empieza a adquirir proporciones mayores, *casualmente* cogen a algún famoso o personaje público con *estupefacientes*, como decimos en la jerga periodística. El caso aparece en los medios de comunicación para que sirva de ejemplo, para disuadir a los jóvenes, para decirle al público que el gobierno lo tiene todo bajo control, y ¡pobre del que se niegue a cumplir la ley!

Eso sucede como máximo una vez al año. Y no creo que sea solo una vez al año que a alguien importante se le ocurra escapar de la rutina y acercarse al paso subterráneo del pont du Mont-Blanc para comprarles algo a los camellos que merodean todos los días por allí. De ser así, ya habrían desaparecido por falta de clientela.

Llego al sitio. Las familias vienen y van, los tipos sospechosos permanecen allí sin que nadie los moleste y sin meterse con los demás. Excepto cuando pasa una pareja joven hablando una lengua extranjera, o cuando un ejecutivo en traje atraviesa el paso subterráneo, momento en que se vuelven de inmediato para mirar directamente a los ojos de esos hombres.

Paso la primera vez, voy hasta el otro lado, tomo un agua mineral y me quejo del frío a una persona que no conozco. No responde, inmersa en su mundo. Vuelvo y allí están los mismos hombres. Establecemos contacto visual, pero hay un montón de gente pasando, lo cual es raro. Es la hora de la comida y la gente debería estar en los caros restaurantes repartidos por la zona, tratando de cerrar algún negocio importante o de atraer al turista que ha llegado a la ciudad en busca de empleo.

Espero un poco y paso por tercera vez. Establezco contacto visual de nuevo y uno de ellos, con un simple movimiento de la cabeza, me dice que lo siga. Nunca en mi vida me imaginé que pudiera, pero este año ha sido tan diferente que ya no me extraña nada de lo que hago.

Finjo despreocupación y lo sigo.

Caminamos dos o tres minutos hasta el Jardín Inglés. Pasamos junto a turistas que sacan fotos frente al reloj de flores, uno de los hitos de la ciudad. Cruzamos la pequeña estación de tren que gira alrededor del lago, como si viviésemos en Disneylandia. Finalmente llegamos a la orilla y nos ponemos a observar el agua. Como una pareja contemplando el Jet d'Eau, la fuente gigante que puede alcanzar los cien metros de altura y que ya hace mucho tiempo que se ha convertido en el símbolo de Ginebra.

Él espera que yo diga algo. Pero no sé si mi voz va a ser firme, a pesar de todo mi aire de confianza. Me quedo callada y lo obligo a romper el silencio:

—¿Costo, anfetas, tripis o farlopa?

Ya está. Estoy perdida. No sé qué responder, y el camello se da cuenta de que se encuentra ante una novata. Me ha puesto a prueba y no la he superado.

Él se ríe. Le pregunto si piensa que soy de la policía.

—Por supuesto que no. La policía sabría inmediatamente de qué hablo.

Le explico que es la primera vez que lo hago.

—Ya se nota. Una mujer vestida como usted nunca se tomaría la molestia de venir aquí. Podría pedirle a un sobrino o a algún compañero de trabajo lo que le quedara de su consumo personal. Por eso he decidido traerla a la orilla del lago. Podríamos haber hecho la operación mientras caminábamos, y yo no estaría perdiendo tanto tiempo, pero quiero saber exactamente lo que está buscando o si necesita algún consejo.

No está perdiendo el tiempo. Debía de estar muerto de aburrimiento allí de pie, en aquel paso subterráneo. Las tres veces que pasé por allí no había ningún cliente interesado.

—Bien, voy a repetirlo en un lenguaje que pueda comprender: ¿hachís, anfetaminas, LSD o cocaína?

Le pregunto si tiene crack o heroína. Él dice que esas son drogas prohibidas. Se me pasa por la cabeza decirle que todo lo que ha mencionado también está prohibido, pero me abstengo.

No es para mí, le explico. Es para una enemiga.

—¿Es para vengarse? ¿Piensa matar a alguien de sobredosis? Por favor, señora, búsquese a otro.

Se dispone a alejarse, pero lo detengo y le pido que me escuche. Me doy cuenta de que mi interés en el tema puede haber hecho que el precio sea el doble.

Por lo que sé, la persona en cuestión no se droga, le explico. Sin embargo, ha perjudicado seriamente mi relación. Solo quiero tenderle una trampa.

—Eso va en contra de la ética de Dios.

¡Lo que hay que oír: un vendedor de droga tratando de hacerme ir por el camino correcto!

Le cuento «mi historia». Estoy casada desde hace diez años, tengo dos hijos

58

maravillosos. Mi marido y yo usamos el mismo modelo de móvil y hace dos meses cogí el suyo por equivocación.

—¿No utilizan código pin?

Por supuesto que no. Confiamos el uno en el otro. ¿O el suyo sí lo tiene y estaba desactivado en aquel momento? El caso es que descubrí unos cuatrocientos mensajes de texto y una serie de fotos de una atractiva mujer rubia, al parecer, de buena vida. Hice lo que no debía: un escándalo. Le pregunté quién era y él no lo negó, dijo que era la mujer de la que estaba enamorado. Se alegró de que lo descubriera antes de tener que contármelo.

—Eso sucede muy a menudo.

¡El camello pasa de evangelizador a consejero matrimonial! Pero yo sigo, porque me lo estoy inventando todo en este momento y me siento animada con la historia que le cuento. Le pedí que se fuese de casa. Estuvo de acuerdo y al día siguiente me dejó con nuestros dos hijos para irse a vivir con el amor de su vida. Pero ella no lo recibió bien, ya que le resultaba mucho más interesante tener una relación con un hombre casado que verse obligada a convivir con un marido que no había elegido.

—¡Mujeres! Es imposible entenderlas.

Yo también lo creo. Sigo con mi historia: ella le dijo que no estaba preparada para vivir con él y cortó la relación. Como me imagino que sucede en la mayoría de los casos, volvió a casa pidiéndome perdón. Lo perdoné. De hecho, lo único que quería era que él regresara. Soy una mujer enamorada y no podría vivir sin la persona que amo.

Pero ahora, pasadas unas semanas, me he dado cuenta de que ha cambiado de nuevo. Ya no es tan tonto como para dejar el móvil por ahí, por lo que no hay forma de saber si han vuelto a verse. Aunque sospecho que sí. Y la mujer, la ejecutiva esa rubia, independiente, atractiva y poderosa, me está quitando lo más importante de mi vida: el amor. ¿Sabe lo que es el amor?

—Entiendo lo que usted quiere. Pero es muy peligroso.

¿Cómo que lo entiende, si no he terminado de explicárselo?

—Quiere tenderle una trampa a esa mujer. No tengo la mercancía que usted quiere. Pero para llevar a cabo su plan se necesitarían, por lo menos, treinta gramos de cocaína.

Coge el móvil, escribe algo y me lo enseña. Es una página del portal de CNN Money, con el precio de las drogas. Me sorprende, pero descubro que se trata de un reportaje reciente sobre las dificultades a las que se vienen enfrentando los grandes cárteles.

—Como puede ver, le va a costar cinco mil francos. ¿Merece la pena? ¿No le saldría más barato ir a casa de esa mujer y montarle un escándalo? Además, por lo que he entendido, a lo mejor la culpa no es suya.

De evangelizador ha pasado a consejero matrimonial. Y de consejero matrimonial acaba de convertirse en asesor financiero, tratando de evitar que yo gaste mi dinero inútilmente.

Le digo que acepto el riesgo. Sé que tengo razón. Y ¿por qué treinta gramos en lugar de diez?

—Es la cantidad mínima para que una persona pueda ser acusada de tráfico. La condena es mucho mayor que para un consumidor. ¿Está segura de querer hacerlo? Porque, de camino a casa o a la casa de esa mujer, pueden arrestarla y no podrá justificar la posesión de toda esa droga.

¿Serán así todos los camellos o habré dado con alguien especial? Me encantaría pasar horas hablando con este hombre, con mucha experiencia y bien informado. Pero, al parecer, está demasiado ocupado. Me pide que vuelva dentro de media hora con el dinero en efectivo. Voy a un cajero automático, sorprendida por mi ingenuidad. Es obvio que los camellos no llevan encima grandes cantidades. ¡De lo contrario podrían acusarlos de tráfico!

Vuelvo y allí está. Le doy el dinero discretamente y él me señala una papelera que podemos ver desde donde estamos.

—Por favor, no deje la mercancía al alcance de esa mujer porque puede confundirse y acabar ingiriéndola. Sería un desastre.

Este hombre es único, piensa en todo. Si fuese director de una multinacional, ganaría una fortuna en bonificaciones de accionistas.

Cuando pienso en continuar la conversación, él ya se ha alejado. Veo otra vez el lugar indicado. ¿Y si no hay nada dentro? Pero estos hombres tienen una reputación que mantener y no harían tal cosa.

Me acerco, miro hacia los lados, cojo un sobre de papel de estraza, lo meto en el bolso y tomo un taxi inmediatamente hasta la redacción del periódico. Voy a llegar tarde otra vez.

Tengo la prueba del delito. He pagado una fortuna por algo que no pesa casi nada.

Pero ¿cómo saber si ese hombre no me ha engañado? Tengo que descubrirlo yo sola.

Alquilo dos o tres películas cuyos protagonistas tienen ese vicio. Mi marido se sorprende con mi nuevo interés.

—No estás pensando en hacer eso, ¿verdad?

¡Por supuesto que no! Es solo una encuesta para el periódico. Por cierto, mañana llegaré tarde. He decidido escribir un artículo sobre el castillo de lord Byron y tengo que acercarme hasta allí. No tiene que preocuparse.

—No estoy preocupado. Creo que las cosas han mejorado mucho desde que fuimos a pasear a Nyon. Tenemos que viajar más, tal vez en fin de año. La próxima vez dejaremos a los niños con mi madre. He estado hablando con gente que sabe del tema.

El «tema» debe de ser eso que considera mi estado depresivo. ¿Con quién habrá estado hablando? ¿Con algún amigo que puede irse de la lengua en cuanto se tome una copa de más?

—Nada de eso. Con un consejero matrimonial.

¡Qué horror! Un consejero matrimonial. Terapia de pareja fue lo último que oí aquella horrible tarde en el club de golf. ¿Estarán hablando los dos a escondidas?

—Puede que tu problema lo haya provocado yo. No te presto la atención necesaria. Siempre estoy hablando de trabajo o de las cosas que tenemos que hacer. Hemos perdido el romanticismo necesario para mantener una familia feliz. Ocuparse únicamente de los niños no es suficiente. Necesitamos más cosas mientras aún somos jóvenes. Podríamos volver a Interlaken, el primer viaje que hicimos juntos después de conocernos. Y subir parte del Jungfrau y disfrutar del paisaje desde allí arriba.

¡Consejero matrimonial! Era lo que me faltaba.

La conversación con mi marido me recuerda un viejo proverbio: no hay más ciego que el que no quiere ver.

¿Cómo puede pensar que me tiene abandonada? Cómo se le ha ocurrido esa locura, si normalmente soy yo la que no lo recibo en la cama con los brazos y las piernas abiertos.

Ya hace algún tiempo que no tenemos una relación sexual intensa. En una relación sana, eso es más necesario para la estabilidad de la pareja que hacer planes para el futuro o hablar de los niños. Interlaken me recuerda a una época en la que salíamos a pasear por la ciudad al atardecer, porque la mayor parte del tiempo estábamos encerrados en el hotel, haciendo el amor y bebiendo vino barato.

Cuando queremos a alguien, no nos conformamos con conocer solo su alma, deseamos saber cómo es su cuerpo. ¿Es necesario? No lo sé, pero el instinto nos impulsa a ello. Y no hay un horario determinado, ni norma alguna que respetar. Nada mejor que el descubrimiento, la timidez perdiendo terreno frente a la osadía, gemidos que se convierten en gritos y palabrotas. Sí, palabrotas; siento una gran necesidad de oír cosas prohibidas y «sucias» mientras un hombre está dentro de mí.

En esos momentos surgen las preguntas de siempre: «¿Estoy apretando mucho? ¿Debo ir más rápido o más despacio?». Son preguntas fuera de lugar, que molestan, pero que forman parte de la iniciación, del conocimiento y el respeto mutuo. Es muy importante hablar durante esa construcción de intimidad perfecta. Lo contrario sería una frustración silenciosa y mentirosa.

Después viene el matrimonio. Tratamos de mantener el mismo comportamiento y lo conseguimos; en mi caso duró hasta que me quedé embarazada la primera vez, lo cual sucedió pronto. Y de repente nos damos cuenta de que las cosas han cambiado.

• El sexo, ahora, solo por la noche, preferiblemente antes de dormir. Como si se tratara de una obligación que los dos aceptamos, sin cuestionarnos si al otro le apetece. Si no hay sexo, surgen las sospechas, así que lo mejor es mantener el ritual.

• Si no ha estado bien, no digas nada, porque mañana puede estar mejor. Después de todo, estamos casados, tenemos toda la vida por delante.

• No hay nada más que descubrir y tratamos de obtener el máximo placer de las mismas cosas. Lo que equivale a comer chocolate todos los días sin variar la marca ni el sabor: no es ningún sacrificio, pero ¿no hay nada más?

Por supuesto que sí: juguetitos que pueden comprarse en sex-shops, clubes de intercambio, invitar a una tercera persona a participar, atreverse a ir a fiestas a casa de amigos menos convencionales.

Para mí, todo eso es muy arriesgado. No sabemos cuáles serán las consecuencias, es mejor dejarlo todo como está.

Y así se pasan los días. Al hablar con los amigos, descubrimos que esa historia del orgasmo simultáneo, de excitarse juntos, al mismo tiempo, acariciando las mismas partes y gimiendo al unísono, es un mito. ¿Cómo puedo sentir placer si tengo que prestar atención a lo que estoy haciendo? La más natural sería: tócame, vuélveme loca y después yo te hago lo mismo a ti.

Pero la mayoría de las veces no es así. La comunión tiene que ser «perfecta». Es decir, inexistente.

Y cuidado con los gemidos, para no despertar a los niños.

Ah, qué bien que se ha acabado, estaba muy cansado(a) y no sé cómo lo he conseguido. ¡Eres tú, seguro! Buenas noches.

Hasta que llega el día en que ambos se dan cuenta de que hay que romper la rutina. Pero, en vez de ir a clubes de intercambio, a los sex-shops llenos de aparatos que no sabemos muy bien cómo funcionan, o a casa de amigos alocados que no paran de descubrir cosas nuevas, decidimos... pasar un tiempo sin los niños.

Planear una escapada romántica. Sin sorpresas. En la que todo estará absolutamente planeado y organizado.

Y creemos que esa es una gran idea.

He creado una cuenta de correo electrónico falsa. Tengo la droga, debidamente probada (a lo que siguió el juramento de no volver a hacerlo nunca más, porque la sensación es genial).

Sé cómo entrar en la universidad sin que me vean y dejar la prueba en la mesa de Marianne. Solo me falta descubrir qué cajón va a tardar en abrir, lo que probablemente es la parte más arriesgada del plan. Pero eso fue lo que me sugirió el camello, y tengo que escuchar la voz de la experiencia.

No puedo pedirle ayuda a ningún alumno, tengo que hacerlo todo sola. No tengo nada más que hacer salvo alimentar el «sueño romántico» de mi marido y abarrotar el teléfono de Jacob con mis mensajes de amor y esperanza.

La conversación con el camello me dio una idea que después puse en práctica: enviarle mensajes de texto todos los días, con palabras de amor y de ánimo. Eso puede funcionar de dos maneras. La primera es que se dé cuenta de que tiene mi apoyo y que no me fastidió lo más mínimo lo de la cita en el club de golf. La segunda, si la primera no funciona, es que a la señora König se le ocurra curiosear en el teléfono de su marido.

Accedo a internet, copio algo que me parece inteligente y pulso el botón de «enviar».

Desde las elecciones, no ha pasado nada más importante en Ginebra. Jacob ya no aparece en la prensa y no sé nada de él. Solo una cosa ha movilizado a la opinión pública en estos días: si la ciudad debe cancelar o no la fiesta de Nochevieja.

Según algunos diputados, los gastos son desorbitados. Me han encargado determinar qué significa exactamente *desorbitados*. Fui al ayuntamiento y me enteré de la cantidad exacta: ciento quince mil francos suizos, equivalente a lo que dos personas, mi compañera de trabajo y yo, por ejemplo, pagamos de impuestos.

Es decir, con el dinero de los impuestos de dos ciudadanos, con un sueldo razonable pero no extraordinario, podrían hacer felices a miles de personas. Pero no. Hay que ahorrar porque nadie sabe lo que nos depara el futuro. Mientras tanto, las arcas municipales se llenan. Puede faltar en invierno sal para echar en las calles y evitar que la nieve se convierta en hielo y causar accidentes, las calles siempre necesitan reparaciones, por todas partes se ven obras que nadie tiene ni idea de para qué son.

La alegría puede esperar. Lo importante es mantener las apariencias. Y al decirlo debemos entender: no dejar que nadie se dé cuenta de lo ricos que somos.

Mañana tengo que levantarme temprano para ir al trabajo. El hecho de que Jacob haya ignorado mis mensajes me ha acercado a mi marido. Aun así, hay una venganza que pretendo ejecutar.

Es cierto que ya casi no me apetece llevarla a cabo, pero no me gusta dejar las cosas a medias. Vivir es tomar decisiones y asumir las consecuencias. Hace mucho tiempo que no lo hago, y tal vez esa sea una de las razones por las que estoy aquí de nuevo, de madrugada, mirando al techo.

Esto de enviarle mensajes a un hombre que me rechaza es una pérdida de tiempo y de dinero. Ya no me importa su felicidad. En verdad, quiero que sea muy infeliz, ya que le ofrecí lo mejor de mí y me sugirió que hiciera terapia de pareja.

Y para eso tengo que meter a esa bruja en la cárcel, aunque mi alma arda en el purgatorio durante muchos siglos.

¿De verdad? ¿De dónde he sacado esa idea? Estoy cansada, muy cansada, y no puedo dormir.

«Las mujeres casadas sufren más de depresión que las mujeres solteras», decía un artículo publicado hoy en el periódico.

No lo he leído. Pero este año está siendo muy, muy extraño.

Mi vida va superbién, todo va según lo planeé cuando era adolescente, soy feliz..., pero de repente pasa algo.

Es como si un virus hubiese infectado el ordenador. Entonces empieza la destrucción, lenta pero implacable. Todo va más despacio. Algunos programas importantes requieren una gran cantidad de memoria para abrirse. Ciertos archivos (fotos, textos) desaparecen sin dejar rastro.

Buscamos la razón y no encontramos nada. Les preguntamos a amigos que entienden más sobre el tema, pero no son capaces de detectar el problema. Pero el equipo se va quedando vacío, va lento, y ya no es tuyo. Ahora su dueño es el virus indetectable. Evidentemente siempre podemos cambiar el ordenador, pero ¿qué pasa con las cosas que tenemos allí guardadas, que nos ha llevado tantos años ordenar? ¿Las perdemos para siempre?

No es justo.

No tengo ningún control sobre lo que está sucediendo. Esa pasión absurda por un hombre que, a estas alturas, debe de pensar que lo estoy acosando. Mi matrimonio con un hombre que parece cercano, pero que nunca me muestra sus debilidades ni sus puntos vulnerables. El deseo de destruir a alguien que solo he visto una vez en la vida, con la excusa de que acabará con mis fantasmas interiores.

Mucha gente dice que el tiempo lo cura todo. Pero no es cierto.

Al parecer, el tiempo solo cura esas cosas buenas que nos gustaría guardar para siempre. Nos dice: «No te dejes engañar, la realidad es esta». Por eso las cosas que leo para levantarme la moral no me duran mucho tiempo. Hay un agujero en mi alma que drena toda la energía positiva, dejando solo el vacío. Conozco el agujero, he convivido con él durante meses, pero no sé cómo escapar de la trampa.

Jacob cree que necesito terapia de pareja. Mi jefe me considera una gran periodista. Mis hijos notan el cambio en mi comportamiento, pero no preguntan nada. Mi marido no comprendió lo que yo sentía hasta que fuimos a un restaurante y traté de abrirle mi alma.

Cojo el iPad de la mesilla de noche. Multiplico 365 por 70. El resultado es 25.550. Es la media de días que vive una persona normal. ¿Cuántos he desperdiciado ya?

La gente que me rodea vive quejándose de todo. «Trabajo ocho horas al día y, si me ascienden, tendré que trabajar doce.» «Desde que me casé ya no tengo tiempo para mí.» «Busqué a Dios y me veo obligado a ir a cultos, misas y ceremonias religiosas.»

Todo aquello que buscamos con tanto entusiasmo al llegar a la edad adulta (amor, trabajo, fe) acaba convirtiéndose en una carga demasiado pesada.

Solo hay una manera de escapar de ella: a través del amor. Amar es transformar la esclavitud en libertad.

Pero por el momento, no puedo amar. Solo siento odio.

Y, por absurdo que parezca, eso da sentido a mis días.

Llego al lugar donde Marianne da sus clases de filosofía; un anexo que, para mi sorpresa, se encuentra en uno de los campus del Hospital Universitario de Ginebra. Entonces me pregunto: «¿No será ese famoso curso que aparece en su currículum algo extracurricular sin la menor validez académica?».

He aparcado el coche en un supermercado y he caminado un kilómetro para llegar aquí, un revoltijo de edificios bajos en medio de un bonito campo verde, con un pequeño lago en el centro, y señales que indican direcciones. Hay instalaciones de instituciones que, a pesar de parecer inconexas, bien pensado, son complementarias: el ala hospitalaria para ancianos y un centro para lunáticos. El manicomio está en un precioso edificio de principios del siglo XX, y en él se forman psiquiatras, enfermeras, psicólogos y psicoterapeutas de toda Europa.

Paso por algo extraño, parecido a las balizas que hay al final de la pista de aterrizaje de los aeropuertos. Para saber para qué sirve tengo que leer la placa que hay a su lado. Se trata de una escultura llamada *Pasaje 2000,* una «música visual», formada por diez barreras de paso a nivel equipadas con luces rojas. Me pregunto si la persona que la hizo fue uno de los internos, pero sigo leyendo y descubro que la obra es de una famosa escultora.

Así pues, respetemos el arte. Pero que no me vengan con esa historia de que todo el mundo es normal.

Es la hora del almuerzo, mi único tiempo libre durante el día. Las cosas más interesantes de mi vida siempre ocurren durante el almuerzo (citas con amigas, políticos, fuentes y camellos).

Las aulas deben de estar vacías. No puedo dirigirme al restaurante de la facultad, donde Marianne, o la señora König, debe de estar moviendo su melena rubia displicentemente mientras los estudiantes se preguntan qué hacer para seducir a esa mujer tan interesante, y las chicas la toman como modelo de elegancia, inteligencia y conducta.

Voy a recepción y pregunto dónde está el despacho de la señora König. Me informan de que es la hora del almuerzo (no es posible que no lo sepa). Contesto que no quiero interrumpirla en su tiempo de descanso, y que la esperaré a la puerta de su despacho.

Voy vestida como una persona completamente normal, de esas a las que se mira una vez y se olvida al momento. Lo único sospechoso es que llevo gafas de sol un día nublado. Dejo que la recepcionista vea algunas curas debajo de las gafas. Está claro que llegará a la conclusión de que me he hecho la cirugía plástica.

Me dirijo al lugar donde Marianne da clases, sorprendida por mi autocontrol. Supuse que tendría miedo, que lo dejaría a medio camino, pero no. Aquí estoy y me siento cómoda. Si alguna vez tuviera que escribir sobre mí misma, haría como Mary Shelley y su Victor Frankenstein: solo quería salir de la rutina, buscar un objetivo mejor para mi vida sin atractivo ni desafíos. El resultado fue un monstruo capaz de exponer a inocentes y de salvar a culpables.

Todo el mundo tiene un lado oscuro. Todos deseamos experimentar el poder absoluto. Leo historias de tortura y de guerra y veo que a los que infligen sufrimiento, en el momento en el que pueden ejercer el poder, los impulsa un monstruo desconocido pero, cuando regresan a casa, se convierten en dóciles padres de familia, servidores de la patria y excelentes maridos.

Recuerdo que una vez, siendo joven todavía, un novio me pidió que cuidara a su caniche. Odiaba a ese perro. Tenía que compartir con él la atención del hombre que amaba. Yo quería *todo* su amor para mí.

Ese día decidí vengarme de aquel animal irracional, que en nada contribuía al crecimiento de la humanidad, pero cuya pasividad despertaba amor y cariño. Lo agredí sin dejar marcas: pinchándolo con un alfiler clavado en el extremo de un palo de escoba. El perro gemía, ladraba, pero no me detuve hasta que me cansé.

Cuando mi novio llegó, me abrazó y me besó como siempre. Me dio las gracias por cuidar de su caniche. Hicimos el amor y la vida siguió como antes. Los perros no hablan.

Pienso en eso mientras me dirijo al despacho de Marianne. ¿Cómo soy capaz de hacer algo así? Porque todo el mundo es capaz. He visto a hombres locamente enamorados de sus mujeres perder la cabeza y golpearlas y, acto seguido, pedirles perdón, sollozando.

Somos animales incomprensibles.

Pero ¿por qué hacerle esto a Marianne, si todo lo que hizo fue desairarme en una fiesta? ¿Por qué desarrollar un plan, arriesgarme a ir a comprar la droga y tratar de dejarla en su mesa?

Porque ella tiene lo que yo no pude conseguir: la atención y el amor de Jacob.

¿Es suficiente esa respuesta? Si así fuese, en este momento un 99,9 por ciento de la gente estaría conspirando para destruirse unos a otros.

Porque estoy cansada de lamentarme. Porque esas noches de insomnio me han vuelto loca. Porque me siento bien en mi locura. Porque no me van a descubrir. Porque quiero dejar de pensar en eso de manera obsesiva. Porque estoy muy enferma. Porque no soy la única. Si Frankenstein nunca ha dejado de estar vigente es porque todo el mundo se reconoce en el científico y en el monstruo.

Me detengo. «Estoy muy enferma.» Es una posibilidad real. A lo mejor debería salir de aquí ahora mismo y visitar a un médico. Lo haré, pero primero tengo que terminar la tarea que me he propuesto, aunque después el médico avise a la policía, protegiéndome con el secreto profesional, pero al mismo tiempo evitando una injusticia.

Llego a la puerta del despacho. Reflexiono sobre todos los porqués que he enumerado en el camino. Aun así, entro sin dudarlo.

Y me encuentro con una mesa barata, sin cajones. Solo un tablero de madera sobre unas patas torneadas. Algo para apoyar algunos libros, el bolso y nada más.

Debería haberlo imaginado. Siento frustración y alivio al mismo tiempo.

Los pasillos, antes silenciosos, empiezan a dar señales de vida otra vez, la gente está volviendo a clase. Salgo sin mirar atrás, hacia el lugar del que proceden. Hay una puerta al final del pasillo. Abro y estoy frente al geriátrico, en la cima de una pequeña colina, de paredes macizas y, estoy segura, con la calefacción en perfecto estado. Voy hasta allí y, en recepción, pregunto por alguien que no existe. Me contestan que esa persona debe de estar en otro sitio, Ginebra debe de ser la ciudad con más asilos por metro cuadrado. La enfermera se ofrece a buscarla. Le digo que no es necesario, pero ella insiste:

—No me cuesta nada.

Para evitar más sospechas, dejo que haga la búsqueda. Mientras mira en el ordenador, cojo un libro del mostrador y lo hojeo.

—Cuentos para niños —dice la enfermera, sin apartar los ojos de la pantalla—. A los internos les encantan.

Tiene sentido. Abro una página al azar:

Un ratón vivía deprimido porque le tenía miedo al gato. Un gran mago se compadeció de él y lo convirtió en un gato. Entonces empezó a tenerle miedo al perro y el mago lo convirtió en perro.

Pero entonces empezó a temer al tigre. El mago, muy paciente, utilizó sus poderes para convertirlo en tigre. Luego empezó a temer al cazador. Al final, el mago se rindió y lo convirtió otra vez en un ratón, diciendo:

—Nada de lo que haga te va a ayudar, porque no sabes lo que es crecer. Es mejor que vuelvas a ser quien eras.

La enfermera no puede encontrar al paciente imaginario. Se disculpa. Le doy las gracias y me dispongo a salir pero, al parecer, ella está encantada de tener a alguien con quien hablar.

—¿Cree usted que la cirugía plástica ayuda?

¿Cirugía plástica? Ah, sí. Me acuerdo de los esparadrapos que llevo bajo las gafas de sol.

—La mayoría de los pacientes de aquí se han hecho la cirugía plástica. Si yo fuera usted, trataría de evitarlo. Provoca un desequilibrio entre el cuerpo y la mente. —No le he pedido su opinión, pero parece imbuida de un deber humanitario, y continúa—: La vejez es más traumática para los que piensan que pueden controlar el paso de los años.

Le pregunto cuál es su nacionalidad: húngara. Claro. Los suizos nunca darían su opinión sin que se la hubieran pedido.

Le agradezco el esfuerzo y salgo, mientras me quito las gafas y los esparadrapos. El disfraz ha funcionado, pero el plan no. El campus ha vuelto a quedar vacío. Ahora están todos ocupados aprendiendo cómo pensar, cómo cuidar, cómo hacer que los demás piensen.

Doy un rodeo y regreso al lugar donde tengo el coche aparcado. Desde lejos puedo ver el hospital psiquiátrico. ¿Debería estar allí encerrada?

¿Todos somos así?, le pregunto a mi marido después de meter a los niños en la cama y mientras nos preparamos para dormir.

—¿Así cómo?

Como yo, que ahora me siento genial, y de repente fatal.

—Creo que sí. Nos pasamos la vida ejerciendo autocontrol para que el monstruo no salga de su escondite.

Es verdad.

—No somos lo que deseamos ser. Somos lo que la sociedad exige. Somos lo que nuestros padres eligieron. No queremos decepcionar a nadie, sentimos una gran necesidad de ser amados. Por eso reprimimos lo mejor de nosotros mismos. Poco a poco, lo que era la luz de nuestros sueños se convierte en el monstruo de nuestras pesadillas. Son los deseos no realizados, las posibilidades no vividas.

Por lo que sé, la psiquiatría lo denominaba *psicosis maniacodepresiva* pero, para ser más políticamente correcta, ahora lo denomina *trastorno bipolar*. ¿De dónde habrán sacado ese nombre? ¿Acaso el Polo Norte y el Polo Sur son diferentes? Debe de ser una minoría...

—Por supuesto que es una minoría la que expresa esas dos dualidades. Pero apuesto a que casi todas las personas llevan ese monstruo dentro.

Por un lado, la miserable que va a una facultad para tratar de incriminar a un inocente, sin saber exactamente la razón de tanto odio. Por otro, la madre que cuida de su familia con amor y trabaja duro para que no les falte de nada a sus seres queridos, sin saber tampoco de dónde saca las fuerzas para mantener ese sentimiento intacto.

—¿Te acuerdas de Jekyll y Hyde?

Al parecer, *Frankenstein* no es el único libro que se sigue editando desde que se publicó por primera vez: *El extraño caso del Dr. Jekyll y Mr. Hyde,* que Robert Louis Stevenson escribió en tres días, sigue el mismo camino. La historia está ambientada en Londres, en el siglo XIX. El médico e investigador Henry Jekyll cree que tanto el bien como el mal habitan en todas las personas. Está decidido a demostrar su teoría, que es ridiculizada por casi todos sus conocidos, incluido el padre de su novia, Beatrix. Después de trabajar sin descanso en su laboratorio, llega a desarrollar una fórmula. Sin querer poner en peligro la vida de nadie, él mismo hace de cobaya.

El resultado es que surge su lado demoníaco, al que él llama mister Hyde. Jekyll piensa que puede controlar las idas y venidas de Hyde, pero pronto se da cuenta de que está totalmente equivocado: cuando liberamos nuestro lado malo, este acaba eclipsando completamente lo mejor de nosotros mismos.

Eso vale para todos los individuos. Lo mismo sucede con los tiranos que, generalmente, al principio, tienen excelentes intenciones pero, poco a poco, para hacer lo que ellos consideran el bien, hacen uso de lo peor de la naturaleza humana: el terror.

Me siento confundida y asustada. ¿Eso puede sucederle a cualquiera?

—No. Solo es una minoría la que no tiene una noción clara de lo que está bien o está mal.

No sé si realmente será una minoría: me pasó algo parecido en el colegio. Tenía un profesor que podía ser la mejor persona del mundo, pero de repente se transformaba y me dejaba completamente desconcertada. Todos los estudiantes le tenían miedo, porque era imposible predecir cómo sería cada día.

Pero ¿quién se atrevía a quejarse? Después de todo, los profesores siempre tienen la razón. Además, todo el mundo pensaba que tenía problemas en casa y que acabarían solucionándose. Hasta que un día su mister Hyde se descontroló y agredió a uno de mis compañeros. En dirección se enteraron y lo echaron.

Desde entonces recelo de la gente demasiado cariñosa.

—Como las *tricoteuses*.

Sí, como aquellas mujeres trabajadoras que querían justicia y pan para los pobres y que lucharon para liberar a Francia de los excesos cometidos por Luis XVI. Cuando se instaló el Reinado del Terror, se iban temprano a la plaza de la guillotina, cogían sitio en primera fila y tejían mientras esperaban a los condenados a muerte. Es posible que fuesen madres que durante el resto del día cuidaban de sus hijos y de su marido.

Tejían para pasar el tiempo entre cabeza y cabeza cortada.

—Eres más fuerte que yo. Siempre te he envidiado por eso. Puede que sea ese el motivo por el que nunca he mostrado demasiado mis sentimientos: para no parecer que soy débil.

No sabe lo que dice. Pero la conversación ha terminado. Se da la vuelta y duerme.

Y yo me quedo sola con mi «fuerza», mirando al techo.

En una semana hago lo que me prometí a mí misma que nunca haría: visitar psiquiatras.

Tengo tres citas con diferentes médicos. Sus agendas estaban llenas, señal de que en Ginebra hay más gente desequilibrada de lo que imaginamos. Empecé diciendo que era urgente y las secretarias argumentaban que todo es urgente, me agradecían el interés, lo lamentaban mucho, pero no podían quitarles la cita a otros pacientes.

Recurrí al truco que nunca falla: decir dónde trabajo. La palabra mágica *periodista*, seguida del nombre de un periódico importante, es tan capaz de abrir puertas como de cerrarlas. En este caso, yo ya sabía que el resultado sería favorable. Me dieron cita.

No se lo dije a nadie, ni a mi marido ni a mi jefe. Fui al primero, un hombre un poco raro, con acento británico, que me avisó inmediatamente de que la consulta no aceptaba el seguro social. Sospeché que no trabajaba legalmente en Suiza.

Le expliqué, con toda la paciencia del mundo, lo que me pasaba. Utilicé los ejemplos de Frankenstein y su monstruo, del doctor Jekyll y mister Hyde. Le imploré que me ayudase a controlar el monstruo que estaba surgiendo y amenazaba con descontrolarse. Me preguntó qué quería decir con eso. No iba a darle detalles que pudieran comprometerme, como el intento de hacer que cierta mujer fuera detenida injustamente por tráfico de drogas.

Decidí contarle una mentira: le dije que tenía ideas homicidas, que pensaba en matar a mi marido mientras dormía. Me preguntó si alguno de los dos tenía un amante y le dije que no. Lo entendió perfectamente y lo vio normal. Un año de tratamiento, con tres sesiones por semana, reduciría en un cincuenta por ciento ese instinto. ¡Me quedé alucinada! ¿Y si mato a mi marido antes? Me contestó que lo que me estaba ocurriendo era una «transferencia», una «fantasía», y que los verdaderos asesinos nunca buscan ayuda.

Antes de irme, me cobró doscientos cincuenta francos y le pidió a su secretaria que marcara consultas regulares a partir de la próxima semana. Le di las gracias, le dije que tenía que consultar mi agenda y cerré la puerta para no volver nunca más.

El segundo psiquiatra era una mujer. Aceptaba el seguro social y estaba más abierta a escuchar lo que tenía que contarle. Repetí la historia sobre el deseo de matar a mi marido.

—Bueno, a veces yo también pienso en matar al mío —me dijo con una sonrisa—. Pero las dos sabemos que si todas las mujeres realizasen sus deseos secretos, casi todos los niños serían huérfanos de padre. Ese es un impulso normal.

¿Normal?

Después de charlar durante un rato y de explicarme que me sentía «intimidada» por el matrimonio, que, sin duda alguna, «no tenía espacio para crecer», y que mi sexualidad «provocaba trastornos hormonales de sobra conocidos en la literatura médica», cogió el bloc de recetas y escribió el nombre de un antidepresivo conocido. Añadió que, hasta que la pastilla me hiciese efecto, me quedaba por delante un mes de infierno, pero que pronto todo sería un recuerdo desagradable.

Siempre y cuando me tomara las pastillas, por supuesto. ¿Cuánto tiempo?

—Varía mucho. Pero yo creo que en tres años se podría reducir la dosis.

El principal problema con el uso del seguro social es que mandan la factura al domicilio del paciente. Pagué en efectivo, cerré la puerta y, una vez más, juré no volver a aquel sitio.

Después fui a la tercera consulta, otra vez un hombre, en un despacho cuya decoración debía de haber costado una fortuna. A diferencia de los dos primeros, me escuchó con atención y pareció darme la razón. De hecho, corría el riesgo de matar a mi marido. Era una asesina en potencia. Estaba perdiendo el control sobre un monstruo al que no iba a poder meter otra vez en la jaula.

Por último, con toda la delicadeza del mundo, me preguntó si me drogaba.

En una ocasión, le contesté.

No me creyó. Cambió de tema. Hablamos un poco sobre los conflictos que todos nos vemos obligados a afrontar día a día, y entonces volvimos al tema de las drogas.

—Tienes que confiar en mí. Nadie se droga solo una vez. Ya sabes que estamos protegidos por el secreto profesional. Perdería mi licencia médica si comentara algo al respecto. Es mejor hablar abiertamente, antes de marcar la próxima cita. No solo tú tienes que aceptarme como médico. También yo tengo que aceptarte como paciente. Así es como funciona.

No, insistí. No consumo drogas. Conozco las leyes y no he venido aquí a mentir. Solo quiero resolver este problema rápidamente, antes de hacerles daño a las personas que quiero o que me rodean.

Su rostro convencido era barbado y hermoso. Asintió con la cabeza antes de responder:

—Llevas años acumulando esas tensiones y ahora quieres deshacerte de ellas de la noche a la mañana. Eso es imposible en psiquiatría o psicoanálisis. No somos chamanes que, por arte de magia, expulsan al espíritu maligno.

Está claro que estaba siendo irónico, pero acababa de darme una gran idea. Mis días de buscar ayuda psiquiátrica se habían acabado.

Post Tenebras Lux...

Post Tenebras Lux. Después de las tinieblas, la luz.

Estoy ante la antigua muralla de la ciudad, un monumento de cien metros de ancho, con imponentes estatuas de cuatro hombres, flanqueadas por otras dos estatuas más pequeñas. Uno de ellos destaca entre los demás. Tiene la cabeza cubierta, una larga barba y lleva entre las manos algo que en su tiempo era más poderoso que un arma: la Biblia.

Mientras espero, pienso que si ese hombre hubiese nacido hoy, todo el mundo, sobre todo los franceses y los católicos de todo el mundo, lo llamarían *terrorista*. Sus tácticas para poner en práctica lo que creía que era la verdad suprema hacen que lo asocie a la mente pervertida de Osama bin Laden. Ambos tenían el mismo objetivo: instalar un estado teocrático en el que todos los que incumpliesen la ley de Dios deberían ser castigados.

Y ninguno de los dos dudó a la hora de utilizar el terror para conseguir sus objetivos.

Se llamaba Juan Calvino y su campo de operaciones era Ginebra. Cientos de personas fueron condenadas a muerte y ejecutadas cerca de aquí. No solo los católicos que se atrevían a mantener su fe, sino también los científicos que, en la búsqueda de la verdad y la curación de las enfermedades, desafiaban la interpretación literal de la Biblia. El caso más famoso es el de Miguel Servet, que descubrió la circulación pulmonar y murió en la hoguera por ello.

No es un error castigar a los herejes y a los blasfemos. Así no nos convertimos en cómplices de sus crímenes [...]. No se cuestiona la autoridad del hombre, sino que es Dios quien habla [...]. Así, nos exige algo de tan extrema gravedad para demostrarle que le ofrecemos el respeto debido, estableciendo la obediencia por encima de toda consideración humana, que no hacemos excepciones con parientes, ni con la sangre de nadie, y que olvidamos a toda la humanidad, cuando se trata de la lucha por Su gloria.

La destrucción y la muerte no se limitaron a Ginebra: seguidores de Calvino, posiblemente representados por las estatuas de menor tamaño de este monumento, divulgaron su palabra y su intolerancia por toda Europa. En 1566 varias iglesias fueron destruidas en Holanda, y los «rebeldes», es decir, personas con otra fe, fueron asesinados. Una enorme cantidad de obras de arte fue a parar a la hoguera, con la excusa de que eran «idolatrías». Parte del patrimonio artístico y cultural del mundo se destruyó y se perdió para siempre.

Y hoy en día mis hijos estudian a Calvino en el colegio como si fuese el gran iluminado, el hombre con nuevas ideas que nos liberó del yugo católico. Un revolucionario que merece ser reverenciado por las generaciones siguientes.

Después de las tinieblas, la luz.

¿Qué pasaba por la cabeza de ese hombre?, me pregunto. ¿Podía dormir sabiendo que se estaban destruyendo familias, que se separaba a los hijos de sus padres y que la sangre inundaba las calles? ¿O estaba tan convencido de su misión que no había lugar para la duda?

¿Pensaba que todo lo que hacía se podía justificar en nombre del amor? Porque yo también tengo esa duda, el meollo de mis problemas actuales.

71

El doctor Jekyll y mister Hyde. Según testimonios de personas que lo conocieron, Calvino era un buen hombre, capaz de seguir las palabras de Jesús y de tener sorprendentes gestos de humildad. Era temido, pero también amado, y podía inflamar a multitudes con ese amor.

Como la historia la escriben los vencedores, ya nadie se acuerda de sus atrocidades. Hoy en día se lo ve como el médico de las almas, el gran reformador, el que nos salvó de la herejía católica con sus ángeles, sus santos, sus vírgenes, su oro, su plata, sus indulgencias y su corrupción.

El hombre al que espero llega e interrumpe mis reflexiones. Es un chamán cubano. Le explico que he convencido a mi editor de que tenemos que hacer un reportaje sobre formas alternativas para combatir el estrés. El mundo empresarial está lleno de gente que se comporta con extrema generosidad y, de repente, descarga su ira sobre los más débiles. La gente es cada vez más imprevisible.

Los psiquiatras y los psicoanalistas tienen las agendas a tope y ya no pueden atender a todos los pacientes. Y nadie puede esperar meses o años para tratar la depresión.

El cubano me escucha sin decir nada. Le pregunto si podemos continuar nuestra conversación en un café, ya que estamos al aire libre y la temperatura ha bajado bruscamente.

—Es la nube —dice, aceptando mi invitación.

La famosa nube cubre el cielo de la ciudad hasta febrero o marzo y solo desaparece de vez en cuando por el mistral, que despeja el cielo, pero hace que la temperatura baje aún más.

—¿Cómo has dado conmigo?

Un guardia de seguridad del periódico nos habló de ti. El redactor jefe quería que entrevistase a psicólogos, a psiquiatras, a psicoterapeutas, pero eso es algo que ya se ha hecho cientos de veces.

Necesito algo original y él puede ser la persona adecuada.

—No puedes publicar mi nombre. Lo que yo hago no lo cubre el seguro social.

Supongo que lo que realmente quiere decir es «Lo que hago es ilegal».

Hablo durante casi veinte minutos, tratando de hacer que se sienta cómodo, pero el cubano me estudia todo el tiempo. Tiene la piel morena, el pelo gris, es bajo y lleva traje y corbata. Nunca había visto a un chamán vestido así.

Le explico que todo lo que me diga será mantenido en secreto. Solo nos interesa saber si es mucha gente la que requiere sus servicios. Por lo que sé, tiene la capacidad de curar.

—No es cierto. No soy capaz de curar. Solo Dios puede hacerlo.

Vale, estamos de acuerdo. Pero todos los días nos encontramos con alguien que, de un momento a otro, empieza a comportarse de un modo extraño. Y nos preguntamos: ¿qué le habrá pasado a esa persona que pensé que conocía tan bien? ¿Por qué será tan agresiva? ¿Será el estrés en el trabajo?

Y al día siguiente la persona es normal otra vez. Sientes alivio, y cuando menos te lo esperas vuelve a ponerte la zancadilla. Y esta vez, en lugar de preguntar qué le pasa a esa persona, te preguntas qué has hecho mal.

El cubano no dice nada. Aún no confía en mí.

¿Tiene cura?

—Sí, pero es cosa de Dios.

Sí, lo sé, pero ¿cómo cura Dios?

—Varía mucho. Mírame a los ojos.

Obedezco y tengo la sensación de entrar en una especie de trance, sin poder controlar hacia adónde voy.

—En nombre de las fuerzas que guían mi trabajo, por el poder que me ha sido

72

conferido, pido a los espíritus que me protegen que destruyan tu vida y la de tu familia si decides entregarme a la policía o denunciarme al servicio de inmigración.

Hace unos gestos con la mano alrededor de mi cabeza. Me parece la cosa más surrealista del mundo y pienso en levantarme y marcharme. Pero, sin darme cuenta, ha vuelto a la normalidad, ni demasiado amable, ni distante.

—Pregunta. Ahora confío en ti.

Estoy un poco asustada. En realidad no es mi intención perjudicar a este hombre. Pido otra taza de té y le explico exactamente lo que quiero: los médicos que «he entrevistado» dicen que curarse lleva mucho tiempo. El guardia de seguridad comentó —mido mis palabras— que Dios utilizó al cubano como canal para acabar con un grave problema de depresión.

—Somos nosotros mismos los que creamos la confusión en nuestras mentes. No procede del exterior. Solo hay que pedirle ayuda a un espíritu protector, que entra en tu alma y te ayuda a limpiar la casa. Sin embargo, nadie cree en los espíritus protectores. Nos observan, están deseando ayudarnos, pero nadie los invoca. Mi trabajo consiste en acercarlos a quien los necesita y esperar a que hagan su trabajo. Eso es todo.

Supongamos, hipotéticamente, que esa persona, en uno de esos momentos de agresividad, concibe un plan maquiavélico para destruir a alguien. Como difamarlo en el trabajo, por ejemplo.

—Ocurre todos los días.

Lo sé, pero cuando esa agresividad desaparece, cuando la persona vuelve a la normalidad, ¿no se verá consumida por la culpa?

—Por supuesto. Y, con el paso de los años, su estado empeora.

Entonces, el lema de Calvino no es cierto: después de las tinieblas, la luz.

—¿Cómo?

Nada. Estaba divagando sobre el monumento del parque.

—Sí que hay luz al final del túnel, si es eso lo que quieres decir. Pero, a veces, cuando una persona ha atravesado la oscuridad y ha llegado al otro lado, deja atrás una enorme estela de destrucción.

Perfecto, volvamos al tema: tu método.

—No es mi método. Se viene utilizando a lo largo de los años para el estrés, la depresión, la irritabilidad, intentos de suicidio y otras muchas maneras que la humanidad ha encontrado para hacerse daño a sí misma.

Dios mío, estoy con la persona adecuada. Tengo que mantener la sangre fría.

Podemos llamarlo...

—... trance autoinducido. Autohipnosis. Meditación. Cada cultura tiene un nombre para definirlo. Pero recuerda que la Sociedad Médica de Suiza no ve esas cosas con buenos ojos.

Le explico que yo hago yoga pero que no soy capaz de llegar a ese estado en el que los problemas se organizan y se resuelven.

—¿Estamos hablando de ti o de un artículo para el periódico?

Las dos cosas. Bajo la guardia porque sé que no tengo secretos para este hombre. Lo he sabido cuando me ha pedido que lo mirara a los ojos. Le explico que su preocupación por el anonimato es absolutamente ridícula, un montón de gente sabe que ejerce en su casa, en Veyrier. Y mucha gente, incluidos policías responsables de seguridad en prisiones, recurren a sus servicios. Eso es lo que me dijo el tipo del periódico.

—Tu problema es la noche —dice.

Sí, ese es mi problema. ¿Por qué?

—La noche, por el simple hecho de ser noche, es capaz de revivir en nosotros los terrores de la infancia, el miedo a la soledad, el pánico a lo desconocido. Sin embargo, si

73

conseguimos superar esos fantasmas, superaremos fácilmente los que aparecen durante el día. Si no tenemos miedo de las tinieblas, es porque somos compañeros de la luz.

Me siento como si estuviese frente a un profesor de primaria, explicándome lo obvio. ¿Podré ir a su casa para que haga...

—... un ritual de exorcismo?

No pensaba llamarlo así, pero eso es exactamente lo que necesito.

—No es necesario. Veo en ti muchas tinieblas, pero también mucha luz. Y en este caso, estoy seguro de que, al final, la luz vencerá.

Estoy a punto de llorar, porque este hombre realmente está viendo mi alma, sin que yo sepa cómo.

—Trata de dejarte llevar por la noche de vez en cuando, observa las estrellas e intenta embriagarte con la sensación de infinito. La noche, con todos sus sortilegios, también es un camino hacia la iluminación. Igual que el pozo oscuro tiene en el fondo el agua que sacia la sed, la noche, cuyo misterio nos acerca a Dios, esconde en sus sombras la llama capaz de iluminar nuestra alma.

Hablamos durante casi dos horas. Él insiste en que solo tengo que dejarme llevar, y que incluso mis mayores temores son infundados. Le hablo de mi deseo de venganza. Me escucha sin comentar nada y sin juzgar palabra alguna. A medida que hablo me siento mejor.

Sugiere que salgamos y que caminemos por el parque. En una de las entradas hay varios cuadrados blancos y negros pintados en el suelo y unas enormes piezas de ajedrez de plástico. Alguna gente está jugando, a pesar del frío.

Ya no dice prácticamente nada, soy yo la que sigue hablando sin parar, a veces dando las gracias, y otras maldiciendo la vida que llevo. Nos detenemos frente a uno de los grandes tableros de ajedrez. Él parece más atento al juego que a mis palabras. Dejo de lamentarme y me pongo también a seguir el juego, a pesar de que no me interesa lo más mínimo.

—Ve hasta el final —dice.

¿Que vaya hasta el final? ¿Traiciono a mi marido, pongo la cocaína en el bolso de mi rival y llamo a la policía?

Él se ríe.

—¿Ves a esos jugadores? Siempre tienen que hacer el siguiente movimiento. No pueden pararse en mitad del juego porque eso significa aceptar la derrota. Llega un momento en que es inevitable, pero al menos lucharon hasta el final. Nosotros ya tenemos todo lo que necesitamos. No hay nada que mejorar. Pensar que somos buenos o malos, justos o injustos, todo eso es una tontería. Sabemos que hoy Ginebra está cubierta por una nube que podría tardar meses en desaparecer pero, tarde o temprano, desaparecerá. Así que adelante y déjate llevar.

¿Ni una palabra para impedir que haga lo que no debo?

—No. Al hacer lo que no debes, te darás cuenta tú misma. Como te he dicho en el restaurante, la luz de tu alma es más intensa que las tinieblas. Pero para eso debes jugar hasta el final.

Creo que nunca en toda mi vida me han dado un consejo tan disparatado. Le doy las gracias por el tiempo que me ha dedicado, le pregunto si le debo algo, y me dice que no.

De regreso a la redacción, el jefe me pregunta por qué he tardado tanto. Le explico que, al tratarse de un tema tan poco ortodoxo, no me ha sido fácil conseguir la explicación que necesitaba.

—Y, si no es muy ortodoxo, ¿no estaremos fomentando una práctica ilícita?

¿Fomentamos una práctica ilícita bombardeando a los jóvenes y animándolos al consumo excesivo? ¿Fomentamos los accidentes cuando hablamos de esos coches nuevos que pueden alcanzar los doscientos cincuenta kilómetros por hora? ¿Fomentamos la depresión y las tendencias suicidas cuando publicamos artículos sobre personas de éxito, sin explicar cómo han llegado hasta ahí y haciendo que todos los demás se convenzan de que no valen para nada?

El redactor jefe no tiene muchas ganas de discutir. Puede que realmente sea interesante para el periódico, cuya principal noticia de la jornada es «La Cadena de la Felicidad consigue ocho millones de francos para un país asiático».

Escribo un artículo de seiscientas palabras (el espacio máximo que me dan) íntegramente formado por búsquedas en internet, porque no soy capaz de aprovechar nada de la conversación con el chamán, que se convirtió en consulta.

¡Jacob!

Acaba de resucitar y me ha enviado un mensaje para invitarme a tomar un café, como si no hubiera un montón de cosas interesantes que hacer en la vida. ¿Dónde está el sofisticado catador de vinos? ¿Dónde está el hombre que ahora tiene el mayor afrodisíaco del mundo, el poder?

Y, sobre todo, ¿dónde está el novio de la adolescencia que conocí en una época en la que todo era posible para los dos?

Se casó, cambió y ahora me manda un mensaje invitándome a tomar un café. ¿No podría ser más creativo y proponerme una carrera nudista en Chamonix? Me resultaría más interesante.

No tengo ninguna intención de contestarle. Me desairó, me ha humillado con su silencio durante semanas. ¿Se cree que voy a ir corriendo solo porque me concede el honor de invitarme a hacer algo?

Al acostarme, escucho (con auriculares) una de las cintas que he grabado con el cubano. Cuando aún estaba fingiendo que era solo una periodista, y no una mujer asustada, le pregunté si la autohipnosis (o la *meditación*, palabra preferida por él) podía conseguir que alguien olvidara a otra persona. Abordé el tema de modo que él pudiera entender *amor* o *trauma por agresión verbal*, que era exactamente sobre lo que estábamos hablando en aquel momento.

—Ese es un terreno pantanoso —respondió—. Sí, se puede inducir la amnesia relativa, pero como esa persona está asociada con otros hechos y acontecimientos, sería prácticamente imposible eliminarla completamente. Por otra parte, olvidar es una actitud equivocada. Lo correcto es afrontar.

Escucho toda la cinta, trato de distraerme, me hago promesas, anoto más cosas en la agenda, pero nada da resultado. Antes de dormir le envío un mensaje a Jacob aceptando la invitación. No puedo controlarme, ese es mi problema.

—No voy a decir que te he echado de menos, porque no me vas a creer. Y tampoco voy a decir que no he contestado a tus mensajes porque tengo miedo a enamorarme otra vez. Realmente no me creería nada de eso. Pero dejo que siga explicando lo inexplicable. Aquí estamos, en un café sin nada especial en Collonges-sous-Salève, un pueblo en la frontera de Francia, que queda a quince minutos de mi trabajo. Los escasos clientes son conductores de camión y trabajadores de una cantera que hay cerca de aquí.

Soy la única mujer, a excepción de la camarera, que va de un lado a otro de la barra, excesivamente maquillada y bromeando con los clientes.

—Estoy pasando por un infierno desde que apareciste en mi vida. Desde aquel día en mi despacho, cuando me entrevistaste e intercambiamos intimidades.

Intercambiamos intimidades es una forma de hablar. Le hice sexo oral. Él a mí no me hizo nada.

—No puedo decir que no soy feliz, pero cada vez estoy más solo, aunque nadie lo sabe. Incluso cuando estoy entre amigos, en el mejor ambiente y con la mejor bebida, la charla es animada y sonrío, no puedo prestar atención a la conversación. Digo que tengo una cita importante y me voy. Sé lo que me falta: tú.

Es el momento de vengarme: ¿no te vendría bien hacer terapia de pareja?

—Sí. Pero tendría que ir con Marianne, y no puedo convencerla. Para ella la filosofía lo explica todo. Se ha dado cuenta de que estoy distinto, pero lo atribuye a las elecciones.

El cubano tenía razón al decir que hay cosas que debemos llevar hasta el final. En este momento, Jacob acaba de salvar a su mujer de una grave acusación por tráfico de drogas.

—Ahora tengo demasiadas responsabilidades y aún no me he acostumbrado. Según ella, me adaptaré pronto. ¿Y tú?

¿Y yo, qué? ¿Qué quieres saber exactamente? Mi esfuerzo para resistirme ha desaparecido cuando lo he visto sentado solo a una mesa del rincón con un Campari con soda y se le ha dibujado una sonrisa al verme entrar. Somos adolescentes de nuevo, esta vez con derecho a beber alcohol sin infringir ninguna ley. Le cojo las manos heladas, no sé si de frío o de miedo.

Va todo bien, respondo. Sugiero que la próxima vez nos veamos más temprano, ya no estamos en horario de verano y anochece rápido. Me da la razón y me da un discreto beso en los labios, intentando no llamar la atención de los hombres que nos rodean.

—Para mí, una de las peores cosas son los hermosos días de sol de otoño. Abro la cortina de mi despacho, veo a la gente allí fuera, algunos van de la mano, sin tener que preocuparse de las consecuencias. Pero yo no puedo demostrar mi amor.

¿Amor? ¿Se habrá compadecido de mí el chamán cubano y les habrá pedido un poco de ayuda a los espíritus misteriosos?

Me esperaba cualquier cosa de esta cita, menos un hombre capaz de abrir su alma como lo está haciendo él. Mi corazón late cada vez más fuerte, de alegría, de sorpresa. No voy a preguntarme ni a preguntarle a él la razón de que esto esté sucediendo.

—No me entiendas mal, no es envidia de la felicidad ajena. Sencillamente no entiendo por qué la gente puede ser feliz y yo no.

Paga la cuenta en euros, cruzamos la frontera a pie y nos dirigimos hacia nuestros coches, aparcados al otro lado de la calle, es decir, en Suiza.

Ya no hay margen para las muestras de afecto. Nos despedimos con los tres besos en las mejillas y cada uno sigue su camino.

Al igual que ocurrió en el club de golf, no puedo conducir cuando llego a mi coche. Me pongo la capucha para protegerme del frío y camino por ese pueblo, sin rumbo fijo. Paso por una oficina de correos y una peluquería. Veo un bar abierto, pero prefiero andar para distraerme. No tengo ningún interés en comprender lo que está sucediendo. Solo quiero que suceda.

«Abro la cortina de mi despacho, veo a la gente allí fuera, algunos van de la mano, sin tener que preocuparse de las consecuencias. Pero yo no puedo demostrar mi amor», ha dicho.

Y cuando creía que nadie, absolutamente nadie, era capaz de entender lo que pasaba dentro de mí (ni chamanes, ni psicoanalistas, ni mi marido), apareciste tú para explicarme...

Es soledad, a pesar de que vivo rodeada de personas queridas, que se preocupan por mí y me desean lo mejor, pero que tal vez tratan de ayudarme simplemente porque sienten lo mismo que yo, y porque, en el gesto de solidaridad, está grabado a hierro y fuego «soy útil, aunque esté solo».

Aunque el cerebro diga que todo está bien, el alma está perdida, confusa, sin saber realmente por qué es injusta con la vida. Pero nos despertamos por la mañana y nos ocupamos de nuestros hijos, de nuestro marido, de nuestro amante, de nuestro jefe, de nuestros empleados, de nuestros estudiantes, de todas esas personas que llenan de vida un día normal.

Y siempre tenemos una sonrisa y una palabra de aliento, porque nadie puede explicarles a los demás la soledad, sobre todo si está siempre en buena compañía. Pero esa soledad existe y va erosionando lo mejor de nosotros, porque tenemos que usar toda nuestra energía para parecer felices, aunque nunca podamos engañarnos a nosotros mismos. Sin embargo, insistimos en mostrar solo la rosa que se abre cada mañana y en esconder en nuestro interior el tallo lleno de espinas que nos hiere y nos hace sangrar.

Aun a sabiendas de que todo el mundo, en algún momento, se ha sentido total y absolutamente solo, es humillante decir «me siento solo, necesito compañía, tengo que matar a este monstruo que, al igual que los dragones de los cuentos de hadas, todo el mundo piensa que es una fantasía, pero no lo es». Aguardo a que un caballero puro y virtuoso venga con su gloria para derrotarlo y lanzarlo definitivamente al abismo, pero el caballero no aparece.

Aun así, no podemos perder la esperanza. Empezamos a hacer cosas que no solemos hacer, a ir más allá de lo que es justo y necesario. Las espinas de nuestro interior son cada vez más grandes y más devastadoras, pero no podemos renunciar a mitad de camino. Como si la vida fuese un gran tablero de ajedrez y todo el mundo mirase para conocer el resultado. Fingimos que no importa ganar o perder, lo importante es competir, hacemos todo lo posible para que nuestros verdaderos sentimientos permanezcan opacos y escondidos, pero entonces...

... En vez de buscar compañía, nos aislamos más, para poder lamernos las heridas en silencio. O vamos a cenas y comidas con gente que no tiene nada que ver con nuestras vidas y que se pasa todo el tiempo hablando de cosas que no son importantes. Llegamos a distraernos durante un rato, bebemos y lo pasamos bien, pero el dragón sigue vivo. Hasta que la gente realmente cercana se da cuenta de que algo va mal y se culpan a sí mismos por no hacernos felices. Nos preguntan cuál es el problema. Contestamos que va todo bien, pero no...

Va todo fatal. Por favor, dejadme en paz porque ya no tengo lágrimas para llorar ni corazón para sufrir, solamente tengo insomnio, vacío, apatía, y vosotros os sentís igual, comprobadlo vosotros mismos. Pero insisten y dicen que se trata de una mala racha, o de una depresión, porque en realidad les da miedo utilizar la palabra maldita: *soledad*.

Mientras tanto, seguimos buscando sin descanso lo único que nos haría felices: el caballero de brillante armadura que mate al dragón, coja la rosa y le arranque las espinas.

Muchos sostienen que somos injustos con la vida. Otros se alegran porque piensan que es lo que realmente merecemos: la soledad, la infelicidad, porque lo tenemos todo, y ellos no.

Pero un día esos ciegos empiezan a ver. Los que están tristes son consolados. Los que sufren son salvados. El caballero llega y nos rescata, y la vida vuelve a tener sentido otra vez...

Pero aun así tienes que mentir y engañar porque, a estas alturas, las circunstancias son diferentes. ¿Quién no ha querido dejarlo todo para ir en busca de su sueño? El sueño siempre es arriesgado, hay que pagar un precio, y ese precio es la lapidación en algunos países, en otros puede ser el ostracismo social o la indiferencia. Pero siempre hay que pagar un precio. Aunque sigas mintiendo y la gente finja que te sigue creyendo y, en secreto, sienta envidia, te critique a tus espaldas, diciendo que eres de lo peor y una amenaza. No te consideran un hombre adúltero, que se tolera y muchas veces es admirado, sino una *mujer* adúltera, que duerme con otro, que engaña a su marido, su pobre marido, siempre tan comprensivo y cariñoso...

No obstante, solo tú sabes que ese marido fue incapaz de mantener a raya la soledad. Porque faltaba algo que ni tú misma sabes cómo explicar, ya que lo amas y no quieres perderlo. Sin embargo, un caballero fulgurante, que promete aventuras en tierras lejanas, es mucho más fuerte que tu deseo de que todo siga como está, aunque en las fiestas la gente te vea y comente que sería mejor atarte una piedra de molino al cuello y tirarte al mar porque eres un mal ejemplo.

Y, para empeorar las cosas, tu marido lo aguanta todo en silencio. No se queja ni monta numeritos. Está convencido de que todo va a pasar. Tú también sabes que va a pasar, pero ahora es más fuerte que tú.

Y así las cosas se alargan durante un mes, dos meses, un año... Todos aguantando en silencio.

Sin embargo, no se trata de pedir permiso. Miras atrás y te das cuenta de que tú también pensabas como esas personas que ahora te acusan. También condenaste a los que sabías que eran adúlteros y pensaste que, de vivir en otro lugar, el castigo sería la lapidación. Hasta el día en que te sucede a ti. Entonces, buscas un millón de justificaciones para tu comportamiento, diciendo que tienes derecho a ser feliz, aunque sea por poco tiempo, porque los caballeros que matan dragones solo existen en los cuentos para niños. Los verdaderos dragones nunca mueren, pero aun así tienes el derecho y la obligación de vivir un cuento de hadas para adultos, al menos una vez en la vida.

Entonces llega el momento que tratabas de evitar a toda costa, que has retrasado durante tanto tiempo: el momento de tomar la decisión de seguir juntos o separarse para siempre.

Cuando llega ese momento, también aparece el miedo a equivocarse, sea cual sea la decisión que tomes. Y ansías que alguien elija por ti, que te echen de la cama o de casa porque es imposible seguir así. Al final, ya no somos una persona, somos dos o muchas, completamente diferentes entre sí. Y, como nunca has pasado por algo así, no sabes hasta dónde va a llegar. El hecho es que ahora te encuentras ante una situación que hará sufrir a una persona, a dos, o a todas...

Pero, sobre todo, te destruirá a ti, sea cual sea tu elección.

El tráfico está completamente parado. ¡Precisamente hoy!

Ginebra, con menos de doscientos mil habitantes, se comporta como si fuese el centro del mundo. Y hay gente que se lo cree y vuela desde su país hasta aquí para celebrar eso que ellos llaman *cumbres*. Esas reuniones suelen tener lugar en las afueras y el tráfico rara vez se ve afectado. Como mucho, se ven algunos helicópteros sobrevolando la ciudad.

No sé lo que pasa hoy, pero han cerrado una de las carreteras principales. He leído los periódicos, pero no las páginas locales, que solo contienen noticias de la ciudad. Sé que grandes potencias mundiales han enviado a sus representantes para debatir, «en territorio neutral», la amenaza de la proliferación de armas nucleares. Y ¿qué tiene eso que ver con mi vida?

Mucho. Corro el riesgo de llegar tarde. Debería haber utilizado el transporte público en lugar de coger este estúpido coche.

Todos los años se gastan en Europa unos setenta y cuatro millones de francos suizos (unos sesenta millones de euros) en la contratación de detectives privados cuya especialidad es seguir, fotografiar y ofrecerle pruebas a la gente de que sus cónyuges son infieles. Mientras el resto del continente está en crisis y las empresas quiebran y despiden a trabajadores, el mercado de la infidelidad está experimentando un importante crecimiento.

Y no solo son los detectives los que se benefician. Técnicos informáticos han desarrollado aplicaciones para móviles como SOS Alibi. El funcionamiento es muy sencillo: en el momento elegido, le envía un mensaje de amor a la pareja directamente desde tu móvil. Así, mientras estás bajo las sábanas, bebiendo champán, a tu pareja le llega un sms para avisarle de que vas a salir más tarde del trabajo por culpa de una reunión inesperada. Otra aplicación, Excuse Machine, ofrece una serie de disculpas en francés, alemán e italiano, y puedes elegir la que más te convenga ese día.

Sin embargo, además de los detectives y de los técnicos informáticos, los que realmente ganan son los hoteles. Como uno de cada siete suizos tiene una relación extramatrimonial (según las estadísticas oficiales), y teniendo en cuenta el número de personas casadas en este país, estamos hablando de cuatrocientas cincuenta mil personas en busca de una habitación discreta donde poder verse. Para atraer a la clientela, el gerente de un hotel de lujo una vez declaró: «Tenemos un sistema que permite que el pago con la tarjeta de crédito aparezca como una comida en nuestro restaurante». El establecimiento se convirtió en el favorito de los que pueden pagar seiscientos francos por una tarde. Es precisamente allí adonde me dirijo.

Después de media hora de estrés, por fin le dejo el coche al botones y subo corriendo a la habitación. Gracias al servicio de mensajería electrónica, sé exactamente adónde tengo que ir sin preguntar en recepción.

Desde el café en la frontera de Francia hasta donde estoy ahora no fue necesario nada más, ni explicaciones, ni promesas de amor, ni siquiera otra cita, para estar seguros de que esto era lo que queríamos. A los dos nos daba miedo pensarlo demasiado y desistir, por lo que la decisión se tomó sin muchas preguntas y sin ninguna respuesta.

Ya no es otoño. Es primavera otra vez, vuelvo a tener dieciséis años, él tiene quince. Misteriosamente, he recuperado la virginidad de mi alma (ya que la física está perdida para siempre). Nos besamos. ¡Dios mío, ya se me había olvidado lo que era eso!, pienso. Solo vivía para lo que quería (el qué y cómo hacerlo, cuándo parar) y aceptando la misma actitud por parte de mi marido. Iba todo mal. Ya no nos rendíamos el uno ante el otro.

Puede que se detenga ahora. Nunca hemos ido más allá de los besos. Eran besos largos y sabrosos, que intercambiábamos en un rincón escondido del colegio. Pero lo que yo quería era que todo el mundo los viese y me envidiase.

No se detiene. Su lengua tiene un sabor amargo, una mezcla de cigarrillos y vodka. Siento vergüenza y estoy tensa, tengo que fumar un cigarrillo y beber vodka para estar en igualdad de condiciones, me digo. Lo aparto con delicadeza, voy hasta el minibar y me tomo de un solo trago una pequeña botella de ginebra. El alcohol me quema la garganta. Le pido un cigarrillo.

Me lo da, pero me recuerda que está prohibido fumar en la habitación. ¡Qué placer transgredirlo todo, incluso reglas estúpidas como esa! Le doy una calada y me siento mal. No sé si es por la ginebra o por el cigarrillo, pero como dudo, voy al baño y lo tiro al inodoro. Él me sigue, me agarra por detrás y me besa la nuca y las orejas, pega su cuerpo al mío y siento su erección en mis nalgas.

¿Dónde están mis principios morales? ¿Cómo va a estar mi cabeza cuando me vaya de aquí y vuelva a mi vida normal?

Me lleva otra vez a la habitación. Me doy la vuelta y beso otra vez su boca y su lengua con sabor a tabaco, saliva y vodka. Muerdo sus labios y él toca mis pechos por primera vez en la vida. Me quita el vestido y lo arroja a un rincón. Por una fracción de segundo, siento un poco de vergüenza de mi cuerpo, ya no soy una cría como aquella primavera en la escuela. Estamos aquí de pie. Las cortinas están abiertas y el lago Lemán hace de barrera natural entre nosotros y la gente de los edificios de la otra orilla.

En mi imaginación, prefiero pensar que alguien nos ve y eso me excita, más que sus besos en mis pechos. Soy la zorra, la prostituta contratada por un ejecutivo para follar en un hotel, capaz de hacer cualquier cosa.

Pero esa sensación no dura mucho. Vuelvo a tener dieciséis años, cuando me masturbaba varias veces al día pensando en él. Aprieto su cabeza contra mi pecho y le pido que me muerda el pezón, fuerte, y grito con un poco de dolor y de placer.

Él sigue vestido, yo estoy completamente desnuda. Empujo su cabeza hacia abajo y le pido que me lama el sexo. En ese momento, sin embargo, me tira sobre la cama, se quita la ropa y se me echa encima. Sus manos buscan algo en la mesilla. Eso nos hace perder el equilibrio y caer al suelo. Cosas de principiantes; sí, somos principiantes y no nos avergonzamos de ello.

Él encuentra lo que estaba buscando: un condón. Me pide que se lo ponga con la boca. Lo hago, sin experiencia y casi sin gracia. No veo la necesidad de hacerlo. No creo que piense que estoy enferma y que voy por ahí tirándome a todo el mundo. Pero respeto su deseo. Siento el sabor desagradable del lubricante que cubre el látex, pero estoy decidida a aprender a hacer eso. No dejo que se note que es la primera vez en mi vida que uso un chisme de estos.

Cuando termino, me pone de espaldas y me pide que me apoye en la cama. ¡Dios mío, está sucediendo! ¡Y por eso soy una mujer feliz!, pienso.

Sin embargo, en lugar de penetrar en mi sexo, me posee por detrás. Me asusta. Le pregunto qué hace, pero no responde, coge algo más de la mesilla de noche y lo pasa por mi ano. Supongo que es vaselina o algo similar. Entonces me pide que me masturbe y, muy lentamente, me va penetrando.

Sigo sus instrucciones y otra vez me siento como una adolescente para quien el sexo es un tabú, y duele. Dios mío, duele mucho. Ya no puedo masturbarme, solo agarro las sábanas y me muerdo los labios para no gritar de dolor.

—Di que te duele. Di que nunca lo has hecho. Grita —ordena.

Una vez más, obedezco. Casi todo es verdad, lo he hecho unas cuatro o cinco veces y nunca me ha gustado.

Sus movimientos aumentan de intensidad. Él gime de placer. Yo, de dolor. Me agarra del pelo como si yo fuese un animal, una yegua, y la velocidad del galope aumenta. Sale de mí de repente, se quita el preservativo, me da la vuelta y eyacula sobre mí.

Procura contener los gemidos, pero son más fuertes que su autocontrol. Poco a poco se tumba sobre mí. Estoy asustada y al mismo tiempo fascinada con todo esto. Va al cuarto de baño, tira el condón a la papelera y vuelve.

Se acuesta a mi lado y enciende otro cigarrillo. Usa el vaso de vodka como cenicero, apoyado en mi vientre. Pasamos mucho tiempo mirando al techo, sin decir nada. Él me acaricia. No es el hombre violento de unos minutos antes, sino el joven romántico que, en el colegio, me hablaba de galaxias y de su interés por la astrología.

—No podemos dejar ningún olor.

La frase me devuelve a la realidad de manera brutal. Al parecer, no es su primera vez. De ahí el condón y las medidas prácticas para que todo siga como antes de entrar en esta habitación. En silencio, lo insulto y lo odio, pero disimulo con una sonrisa y le pregunto si tiene algún truco para eliminar los olores.

Dice que solo tengo que darme una ducha en cuanto llegue a casa, antes de abrazar a mi marido. También me aconseja que me deshaga de las bragas porque la vaselina deja rastro.

—Si él está en casa, entra corriendo y di que te mueres de ganas de ir al baño.

Me siento asqueada. He esperado tanto tiempo para comportarme como una tigresa y acabo siendo utilizada como una yegua. Pero así es la vida: la realidad nunca se acerca a nuestras fantasías románticas de la adolescencia.

Perfecto, lo haré.

—Me gustaría quedar otra vez.

Ya está. Basta esa frase sencilla para transformar de nuevo en paraíso lo que parecía un infierno, un error, un paso en falso. Sí, a mí también me gustaría quedar contigo otra vez. Me sentía nerviosa y tímida, pero la próxima vez será mejor.

—La verdad es que ha sido genial.

Sí, ha sido genial, pero no me he dado cuenta hasta ahora. Sabemos que esta historia está condenada a un final, pero eso no importa ahora.

No voy a decir nada más. Solo quiero aprovechar este momento a su lado, esperar a que termine el cigarrillo, vestirme y bajar antes que él.

Saldré por la misma puerta por la que entré.

Cogeré el mismo coche y conduciré hacia el mismo lugar al que vuelvo todas las noches. Entraré corriendo, diciendo que tengo una indigestión y que necesito ir al baño. Me daré una ducha, eliminando lo poco de él que haya quedado en mí.

Solo entonces besaré a mi marido y a mis hijos.

No éramos dos personas con las mismas intenciones en aquella habitación de hotel. Yo iba en busca de un romance perdido; a él lo movía el instinto del cazador.

Yo buscaba al chico de mi adolescencia; él quería a la mujer atractiva y audaz que lo había entrevistado antes de las elecciones.

Yo creí que mi vida podría tener otro sentido; él solo pensaba que la tarde iba a traer algo diferente de las aburridas e interminables discusiones del Consejo de los Estados.

Para él fue un simple entretenimiento, aunque peligroso. Para mí fue algo imperdonable, cruel, una manifestación de narcisismo mezclado con egoísmo.

Los hombres engañan porque está en su sistema genético. La mujer lo hace porque no tiene la dignidad suficiente, y además de entregar su cuerpo siempre entrega también un poco de su corazón. Un verdadero crimen. Un robo. Peor que robar un banco, porque si algún día se descubre (y siempre se descubre), provocará daños irreparables en la familia.

Para los hombres es solo un «error estúpido». Para las mujeres es un asesinato espiritual de todos aquellos que la rodean de cariño y la apoyan como madre y esposa.

Igual que yo estoy acostada al lado de mi marido, imagino a Jacob acostado al lado de Marianne. Él tiene otras preocupaciones en la cabeza: las reuniones políticas de mañana, trabajo que hacer, la agenda llena de compromisos. Mientras yo, la idiota, estoy mirando al techo y recordando cada segundo que pasé en ese hotel, viendo sin parar la misma película porno de la que fui protagonista.

Recuerdo el momento en que miré por la ventana y deseé que alguien estuviera observando todo aquello con prismáticos, posiblemente masturbándose al verme sumisa, humillada, siendo penetrada por detrás. ¡Cómo me excitó aquello! Me volvió loca y me hizo descubrir una parte de mí completamente desconocida.

Tengo treinta y un años. No soy una niña y pensé que lo sabía todo sobre mí. Pero no. Soy un misterio para mí misma, he abierto ciertas compuertas y quiero llegar más lejos, probar todo lo que sé que existe, masoquismo, sexo en grupo, fetichismo, todo.

Y no soy capaz de decir que se acabó, que no lo quiero, que todo era una fantasía creada por mi soledad.

Puede que no lo quiera de verdad. Pero quiero lo que despertó en mí. Me trató sin pizca de respeto, me dejó sin dignidad, no se intimidó e hizo exactamente lo que quería, mientras yo trataba, una vez más, de complacer a alguien.

Mi mente viaja a un lugar secreto y desconocido. Esta vez yo soy la dominatriz. Puedo volver a verlo desnudo, pero ahora soy yo la que da las órdenes, le agarro las manos y los pies, me siento en su cara y lo obligo a besar mi sexo hasta que ya no puedo aguantar más orgasmos. Después lo pongo de espaldas y lo penetro con mis dedos: primero uno, luego dos, tres. Él gime de dolor y de placer mientras lo masturbo con la mano libre, sintiendo el líquido caliente correr entre mis dedos, llevándomelos a la boca y lamiéndolos, uno a uno, y frotándolos después en su cara. Él quiere más. Yo le digo que es suficiente. ¡La que decide soy yo!

Antes de dormir, me masturbo y tengo dos orgasmos seguidos.

La misma escena de siempre: mi marido lee las noticias en el iPad, los niños ya están listos para el colegio, el sol entra por la ventana y yo finjo ocuparme de algo, cuando en realidad me muero de miedo a que alguien sospeche algo.

—Hoy pareces más feliz.

Lo parezco y lo estoy, aunque no debería. La experiencia de ayer fue un riesgo para todos, especialmente para mí. ¿Habrá alguna sospecha explícita en ese comentario? Lo dudo. Se cree todo lo que le digo. No porque sea tonto, ni mucho menos, sino porque confía en mí.

Y eso me enfada aún más. No soy de fiar.

O mejor dicho: sí lo soy. Me llevaron a ese hotel razones que desconozco. ¿Es una buena disculpa? No. Es pésima, porque nadie me obligó a ir. Siempre puedo decir que me sentía sola, que no recibía la atención que necesitaba, solo comprensión y tolerancia. Puedo decirme a mí misma que necesito verme más desafiada, confrontada y cuestionada acerca de lo que hago. Puedo alegar que eso le sucede a todo el mundo, aunque solo sea en sueños.

Pero, en el fondo, lo que pasó es muy sencillo: me fui a la cama con un hombre porque estaba loca por hacerlo. Nada más. Sin justificaciones intelectuales ni psicológicas. Quería follar. Punto.

Conozco a gente que se casó por seguridad, estatus, dinero. El amor era lo último de la lista. Yo, sin embargo, me casé por amor.

Entonces ¿por qué hice lo que hice?

Porque me siento sola. Y ¿por qué?

—Es genial verte feliz —me dice.

Le contesto que sí, que realmente soy feliz. La mañana de otoño es hermosa, la casa está ordenada y estoy con el hombre al que amo.

Se levanta y me da un beso. Los niños, aun sin entender mucho nuestra conversación, sonríen.

—Yo también estoy con la mujer a la que amo. Pero ¿a qué viene eso ahora?

Y ¿por qué no?

—Es por la mañana. Quiero que me lo repitas esta noche, cuando estemos en la cama.

¡Dios mío, pero ¿quién soy?! ¿Por qué digo estas cosas? ¿Para que no sospeche nada? ¿Por qué no me comporto como todas las mañanas: una esposa eficiente que cuida del bienestar de su familia? ¿Qué muestras de afecto son estas? Si te pones muy cariñosa, tal vez levantes sospechas.

—No podría vivir sin ti —me dice, volviendo a su asiento en la mesa.

Estoy perdida. Pero, curiosamente, no me siento ni un poco culpable por lo que pasó ayer.

Al llegar al trabajo, el redactor jefe me elogia. El artículo que sugerí se ha publicado esta mañana.

—Han llegado muchos correos a la redacción elogiando la historia del misterioso cubano. La gente quiere saber quién es. Si nos permite revelar su dirección, tendrá trabajo durante una buena temporada.

¡El chamán cubano! Si lee el periódico, verá que no me dijo nada de eso. Lo saqué todo de blogs de chamanismo. Al parecer, mis crisis no se limitan a los problemas matrimoniales: estoy dejando de ser una buena profesional.

Le hablo al redactor jefe del momento en que el cubano me miró a los ojos y me amenazó por si revelaba quién era. Me dice que no debo creer en ese tipo de cosas y me pregunta si puedo darle su dirección a una sola persona: su mujer.

—Anda un poco estresada.

Todo el mundo anda un poco estresado, incluido el chamán. No le prometo nada, pero voy a hablar con él.

Me pide que lo llame en ese mismo momento. Lo hago y me sorprende la reacción del cubano. Me da las gracias por ser honesta y por haber mantenido su identidad en secreto y elogia mis conocimientos sobre el tema. Se lo agradezco, le hablo de la repercusión del artículo y le pregunto si podemos vernos otra vez.

—¡Pero si hablamos durante dos horas! ¡El material que tienes debería ser más que suficiente!

El periodismo no funciona así, le explico. De lo que se ha publicado, muy poco se ha extraído de esas dos horas. Para la mayoría me vi obligada a investigar. Ahora tengo que abordar el tema de manera diferente.

Mi jefe sigue a mi lado, escuchando mi parte de la conversación y gesticulando. Al final, cuando el cubano está casi decidido a colgar, insisto en que faltan muchas cosas en ese artículo. Le digo que necesito explorar más a fondo el papel de la mujer en esa búsqueda «espiritual», y que la mujer de mi jefe quiere verlo. Se ríe. No voy a romper nunca el trato que hice con él, pero insisto en que todo el mundo sabe dónde vive y qué días trabaja.

Por favor, acepta o di que no. Si no quieres seguir con la conversación, encontraré a otra persona. Lo que sobra es gente que diga ser especialista en el tratamiento de pacientes al borde de un ataque de nervios. La única diferencia es el método, pero no es el único sanador espiritual que hay en la ciudad. Muchos se han puesto en contacto con nosotros esta mañana, la mayoría africanos, para darle visibilidad a su trabajo, ganar dinero y conocer a gente importante que los proteja en caso de un posible proceso de expatriación.

El cubano duda durante algún tiempo, pero su vanidad y el miedo a la competencia por fin pueden más. Concertamos una cita en su casa, en Veyrier. Me muero de ganas de ver cómo vive, le dará más miga al artículo.

Estamos en su casa, en una pequeña sala transformada en consulta, en la aldea de Veyrier. En la pared hay algunos diagramas que parecen importados de la cultura india: la posición de los centros de energía, la planta del pie con sus meridianos. Sobre un mueble hay algunos cristales.

Hemos tenido una conversación muy interesante sobre el papel de la mujer en los rituales chamánicos. Me explica que, al nacer, todos tenemos momentos de revelación, y eso es todavía más común entre las mujeres. Cualquier estudioso lo ve, las diosas de la agricultura eran siempre mujeres, y las hierbas medicinales fueron introducidas en las tribus que habitaban en las cuevas de la mano de ellas. Las mujeres son mucho más sensibles al mundo emocional y espiritual, y eso las hace propensas a las crisis que los médicos antiguos llamaban *histeria* y que hoy en día se conocen como *bipolaridad*, la tendencia a pasar de la euforia absoluta a la tristeza más profunda varias veces al día. Para el cubano, los espíritus están mucho más inclinados a hablar con mujeres que con hombres, porque entienden mejor la lengua que no se expresa con palabras.

Trato de usar lo que creo que es su lenguaje: debido a esa gran sensibilidad, ¿existe la posibilidad de que, digamos, un espíritu maligno nos empuje a hacer cosas que no queremos?

No entiende mi pregunta. La planteo de otra forma. Si las mujeres son tan inestables, hasta el punto de pasar de la alegría a la tristeza...

—¿He utilizado yo la palabra *inestable*? No. Todo lo contrario. A pesar de su aguda sensibilidad, ellas son más perseverantes que los hombres.

Como en el amor, por ejemplo. Él asiente. Le cuento todo lo que me ha pasado y rompo a llorar. Él ni se inmuta. Pero su corazón no es de piedra.

—Cuando se trata de adulterio, la meditación ayuda poco o nada. En ese caso la persona es feliz con lo que está sucediendo. Al mismo tiempo que mantiene la seguridad, vive la aventura. Es la situación ideal.

¿Qué es lo que nos lleva a cometer adulterio?

—Esa no es mi especialidad. Tengo una visión muy personal del tema, pero no quiero que se publique.

Por favor, ayúdame.

Él enciende incienso, me pide que me siente con las piernas cruzadas frente a él y se acomoda en la misma posición. El hombre rígido ahora parece un sabio bondadoso, tratando de ayudarme.

—Si las personas casadas deciden, por cualquier razón, buscar a un tercero, eso no significa necesariamente que la relación de pareja vaya mal. Tampoco creo que la motivación principal sea el sexo. Tiene más que ver con el hastío, la falta de pasión por la vida, con la falta de desafíos. Es un cúmulo de circunstancias.

Y ¿por qué sucede?

—Porque nos alejamos de Dios y vivimos en una existencia fragmentada. Tratamos de encontrar la unidad, pero no sabemos cómo regresar y entonces entramos en un constante estado de insatisfacción. La sociedad prohíbe y crea leyes, pero eso no resuelve el problema.

Me siento ligera, como si lo viese todo desde una perspectiva diferente. Puedo verlo en sus ojos: sabe de lo que habla porque ya ha pasado por lo mismo.

—Conocí a un hombre que, siempre que estaba con su amante, se quedaba impotente. Aun así, le encantaba estar a su lado, y a ella también le gustaba estar con él.

No me controlo. Le pregunto si ese hombre es él.

—Sí, mi mujer me echó por eso. Lo que no es motivo para una decisión tan radical.

Y ¿qué hiciste?

—Podría haber invocado ayuda espiritual, pero lo habría pagado en mi próxima vida. Sin embargo, tenía que entender por qué ella había reaccionado así. Para resistir la tentación de recuperarla utilizando la magia que sé hacer, me puse a estudiar el tema.

Un poco de mala gana, el cubano adopta una actitud de profesor.

—Un grupo de investigadores de la Universidad de Texas, en Austin, trató de responder a una pregunta que se hace mucha gente: ¿por qué los hombres engañan más que las mujeres, a pesar de saber que ese comportamiento es autodestructivo y hará sufrir a las personas que quieren? La conclusión del estudio fue que los hombres y las mujeres sienten exactamente el mismo deseo de engañar a su pareja. Resulta que las mujeres tienen un mayor autocontrol.

Él mira su reloj. Le pido, por favor, que siga, y me parece notar que se alegra por poder abrir su alma.

—Citas breves, con el único objetivo de satisfacer el instinto sexual y sin ninguna implicación emocional por parte del hombre, han hecho posibles la preservación y la proliferación de la especie. Las mujeres inteligentes no deberían culpar a los hombres por ello. Ellos tratan de resistirse, pero son biológicamente propensos a comportarse así. ¿Estoy siendo demasiado técnico?

No.

—¿Te has dado cuenta de que los seres humanos sienten más miedo de las arañas y de las serpientes que de los coches, aunque las muertes por accidentes de tráfico son más frecuentes? Eso sucede porque nuestra mente está todavía en la época de las cavernas, cuando las serpientes y las arañas eran letales. Lo mismo sucede con la necesidad que sienten los hombres de tener a muchas mujeres. En aquellos tiempos iban de caza y la naturaleza les enseñó que la preservación de la especie es una prioridad, hay que dejar embarazadas a tantas mujeres como sea posible.

Y ¿las mujeres no pensaban también en preservar la especie?

—Por supuesto que sí. Pero mientras que para el hombre ese compromiso con la especie dura un máximo de once minutos, para la mujer cada niño significa por lo menos nueve meses de gestación. Además de tener que cuidar de la cría, alimentarla y protegerla de los peligros, de las arañas y de las serpientes. De ahí que su instinto se haya desarrollado de otra manera. El afecto y el autocontrol se hicieron más importantes.

Habla de sí mismo. Trata de justificar lo que hizo. Miro a mi alrededor y veo esos mapas indios, los cristales, el incienso. En el fondo, todos somos iguales. Cometemos los mismos errores y seguimos haciéndonos las mismas preguntas sin respuesta.

El cubano mira su reloj otra vez y dice que se ha acabado el tiempo. Espera a otro cliente y trata de evitar que sus pacientes se crucen en la sala de espera. Se levanta y me acompaña a la puerta.

—No quiero ser grosero pero, por favor, no me llames más. Ya he dicho todo lo que tenía que decir.

Lo dice la Biblia:

Una noche, David se levantó de la cama para dar un paseo por la terraza de su casa. Entonces vio a una mujer bañándose, que era hermosa. David mandó preguntar quién era. Le respondieron que era Betsabé y que estaba casada con Urías. Entonces David envió a sus hombres a buscarla. Se acostaron y después ella regresó a su casa. Más tarde le mandó un mensaje a David: estoy embarazada.

Entonces David ordenó que enviasen a Urías, un guerrero que le era leal, al frente en una peligrosa misión. Lo mataron y Betsabé se fue a vivir con el rey a su palacio.

David, el gran ejemplo, ídolo de generaciones, guerrero audaz, no solo cometió adulterio, sino que ordenó el asesinato de su rival, valiéndose de su lealtad y buena voluntad.

No necesito justificaciones bíblicas para el asesinato ni para el adulterio. Pero recuerdo esa historia de los días de colegio, el mismo en el que Jacob y yo nos besábamos en primavera.

Esos besos tuvieron que esperar quince años para repetirse y, cuando por fin sucedió, nada fue como yo pensaba. Me pareció sórdido, egoísta, siniestro. Aun así, me encantó y quería que sucediese otra vez, cuanto antes. En quince días Jacob y yo nos vimos cuatro veces. El nerviosismo desapareció poco a poco. Tuvimos tanto relaciones normales como otras no convencionales. Todavía no he podido realizar mi fantasía de cogerlo y hacer que bese mi sexo hasta no aguantar más el placer, pero estoy en ello.

Poco a poco, Marianne va perdiendo importancia en mi historia. Ayer estuve otra vez con su marido, y eso demuestra lo insignificante que ella es y lo ausente que está de todo esto. Ya no quiero que la señora König lo descubra ni que piense en divorciarse, porque así puedo darme el gustazo de tener un amante sin tener que renunciar a todo lo que he logrado con esfuerzo y controlando mis sentimientos: mis hijos, mi marido, mi trabajo y esta casa.

¿Qué voy a hacer con la cocaína que tengo guardada y que pueden encontrar en cualquier momento? Me gasté un montón de dinero en ella. No puedo tratar de revenderla. Sería un paso hacia la prisión de Vandœuvres. Juré no volver a usarla. Se la puedo regalar a personas que sé que les gusta, pero mi reputación se vería afectada o, lo que es peor, podrían pedirme que les consiguiera más.

Hacer realidad el sueño de estar en la cama con Jacob me llevó a las alturas y después me devolvió a la realidad. He descubierto que, aunque pensaba que era amor, lo que siento es solo una pasión, destinada a acabarse en cualquier momento. Y no pienso insistir para que dure, ya he conseguido lo que quería, aventura, el placer de la transgresión, nuevas experiencias sexuales, alegría. Y todo sin sentir una pizca de remordimiento. Es un regalo que me merezco después de tantos años de buen comportamiento.

Estoy en paz conmigo misma. O, mejor dicho, lo estaba hasta hoy.

Después de tantos días durmiendo bien, tengo la sensación de que el dragón ha vuelto a subir del abismo por el que lo había arrojado.

¿El problema soy yo o es la Navidad que se acerca? Esta es la época del año que más me deprime, y no me refiero a un trastorno hormonal o a la ausencia de ciertas sustancias químicas en mi organismo. Me alegro de que en Ginebra la cosa no sea tan escandalosa como en otros países. Una vez pasé el fin de año en Nueva York. Por todas partes había luces, adornos, coros de gente cantando, escaparates decorados, renos, campanas, copos de nieve falsos, árboles con bolas de todos los colores y tamaños, sonrisas pegadas en los rostros... Y yo, con esa absoluta certeza de que soy un bicho raro, la única que se siente completamente ajena. Aunque nunca he tomado LSD, supongo que sería necesaria una dosis triple para ver todos aquellos colores.

Aquí, como mucho, vemos alguna insinuación en la calle principal, puede que por los turistas. («¡Compren! ¡Llévenles algo de Suiza a sus hijos!») Pero todavía no he ido por allí, así que esta extraña sensación no puede ser la Navidad. No hay en los alrededores ni un Papá Noel colgado de ninguna chimenea, recordándonos que tenemos que ser felices durante todo el mes de diciembre.

Doy vueltas en la cama, como siempre. Mi marido duerme, como siempre. Hemos hecho el amor. Últimamente lo hacemos con más frecuencia, no sé si para disimular o porque se me ha despertado la libido. El caso es que siento más atracción sexual hacia él. No pregunta cuando llego tarde, ni se muestra celoso. Salvo la primera vez, cuando tuve que ir directamente al baño, siguiendo las instrucciones para eliminar los rastros de olores y prendas manchadas. Ahora siempre llevo unas bragas para cambiarme, me ducho en el hotel y entro en el ascensor con el maquillaje impecable. Ya no voy tensa ni levanto sospechas. Dos veces me encontré con conocidos, me aseguré de saludarlos y de dejar la pregunta en el aire: «¿Se estará viendo con alguien?». Es bueno para el ego y es absolutamente seguro. Después de todo, si están en el ascensor de un hotel a pesar de vivir en la ciudad, son tan culpables como yo.

Me duermo y vuelvo a despertarme unos minutos más tarde. Victor Frankenstein creó a su monstruo, el doctor Jekyll dejó que mister Hyde saliera a la luz. Eso no me asusta, pero a lo mejor debería establecer desde ahora algunas pautas de comportamiento.

Tengo un lado que es honesto, amable, atento, profesional, capaz de reaccionar con frialdad en momentos difíciles, especialmente durante las entrevistas, cuando algunos de los personajes se muestran agresivos o tratan de escapar de mis preguntas.

Pero estoy descubriendo un lado más espontáneo, salvaje, impaciente, que no se limita a la habitación del hotel donde veo a Jacob, y empieza a afectar a mi rutina. Me enfado con más facilidad cuando el vendedor se pone a charlar con un cliente, aunque haya gente a la cola. Voy al supermercado por obligación y he dejado de fijarme en los precios y en las fechas de caducidad. Cuando alguien me dice algo con lo que no estoy de acuerdo, trato de no callarme. Debato sobre política. Defiendo películas que todos detestan y critico las que les gustan a todos. Me encanta sorprender a la gente con opiniones absurdas y fuera de lugar. En fin, he dejado de ser la mujer discreta de siempre.

La gente empieza a darse cuenta. «¡Estás distinta!», comentan. Ese es el paso previo a «estás ocultando algo», que después se convertirá en «si tienes que ocultarlo, es porque estás haciendo algo que no deberías».

Puede que solo sea una paranoia, por supuesto. Pero hoy me siento dos personas diferentes.

Todo lo que David tenía que hacer era ordenarles a sus hombres que le llevaran a aquella mujer. No le debía explicaciones a nadie. Sin embargo, cuando surgió el problema, envió a su marido al frente de batalla. En mi caso es diferente. Por más discretos que sean los suizos, hay dos momentos en los que no podemos reconocerlos.

El primero está en el tráfico. Si tardamos una fracción de segundo en arrancar el coche una vez se ha puesto en verde el semáforo, tocan la bocina inmediatamente. Si cambiamos de carril, a pesar de poner el intermitente, siempre veremos una cara de enfado por el espejo retrovisor.

El segundo es en el peligroso asunto de los cambios, ya sean de casa, de trabajo o de comportamiento. Aquí todo es estable, todos se comportan de la manera esperada. Por favor, no trates de ser diferente ni de reinventarte de un momento a otro o estarás poniendo en peligro a toda una sociedad. A este país le ha costado alcanzar su estado de «obra concluida», no queremos volver a estar «en obras».

Mi familia y yo estamos en el lugar donde William, el hermano de Victor Frankenstein, fue asesinado. Aquí, durante siglos, hubo un pantano. Una vez que las manos implacables de Calvino hicieron de Ginebra una ciudad respetable, traían a los enfermos aquí, donde generalmente morían de hambre y de frío, evitando así que por la ciudad se propagase cualquier epidemia.

Plainpalais es un lugar enorme, el único sitio en el centro de la ciudad donde prácticamente no hay vegetación. En invierno, el viento es de los que cortan los huesos. En verano, el sol nos hace sudar a mares. Absurdo. Pero ¿desde cuándo las cosas necesitan buenas razones para existir?

Es sábado y hay puestos de vendedores de antigüedades dispersos por todo el lugar. Esta feria se ha convertido en una atracción turística, e incluso figura en las guías de viajes como un «buen plan». Piezas del siglo XVI se entremezclan con reproductores de vídeo. Antiguas esculturas de bronce, procedentes de la lejana Asia, se exponen al lado de muebles horribles de los años ochenta. El lugar es un hervidero de gente. Algunos expertos examinan pacientemente una pieza y charlan durante mucho tiempo con los vendedores. La mayoría, turistas y curiosos, encuentran cosas que nunca van a necesitar, pero al ser muy baratas, las compran. Vuelven a casa, las utilizan una vez y luego las guardan en el garaje, pensando: «No sirve para nada, pero el precio era ridículo».

Tengo que controlar a los niños todo el tiempo porque quieren tocarlo todo, desde los valiosos jarrones de cristal hasta los sofisticados juguetes de principios del siglo XIX. Pero al menos están descubriendo que hay vida inteligente más allá de los juegos electrónicos.

Uno de ellos me pregunta si podemos comprar un payaso de metal, con la boca y las extremidades articuladas. Mi marido sabe que el interés por el juguete solo durará hasta que lleguemos a casa. Dice que es *viejo* y que podemos comprar algo nuevo en el camino de regreso. Al mismo tiempo su atención se desvía hacia unas cajas de canicas, con las que los niños jugaban antiguamente en el patio de casa.

Mis ojos reparan en un pequeño cuadro: hay una mujer desnuda acostada en la cama y un ángel que se aleja. Le pregunto al vendedor cuánto cuesta. Antes de decirme el precio (una miseria), me explica que es una reproducción, hecha por algún pintor local desconocido. Mi marido asiste a la conversación sin decir nada y, antes de que yo le dé las gracias al vendedor por la información para seguir adelante, él ya ha comprado el cuadro.

¿Por qué lo has hecho?

—Representa un antiguo mito. Cuando lleguemos a casa te cuento la historia.

Siento una gran necesidad de apasionarme de nuevo por él. Nunca he dejado de quererlo, siempre lo he querido y siempre lo querré; pero nuestra convivencia se ha convertido en algo muy cercano a la monotonía. El amor puede resistirlo, pero para la pasión es fatal.

Vivo un momento muy complicado. Sé que mi relación con Jacob no tiene futuro y me he alejado del hombre con el que he construido una vida.

El que diga que «el amor es suficiente» miente. No lo es ni lo ha sido nunca. El gran problema es que la gente cree en los libros y en las películas, una pareja que camina por la playa de la mano, contemplando la puesta de sol, hace el amor apasionadamente todos los días en bonitos hoteles con vistas a los Alpes. Mi marido y yo hemos hecho todo eso, pero la magia solo dura uno o dos años como máximo.

Luego llega el matrimonio. La elección y la decoración de la casa, preparar la habitación de los niños que tendremos, los besos, los sueños, el brindis con champán en la habitación vacía que pronto será exactamente como la imaginamos, todo en su sitio. Dos años después nace el primer hijo, en la casa ya no hay espacio para nada más, y si le añadimos algo, corremos el riesgo de parecer que queremos impresionar a los demás y que nos pasamos la vida comprando y limpiando antigüedades (que más tarde serán vendidas por una miseria por tus herederos y acabarán en la feria de Plainpalais).

Después de tres años de matrimonio, uno sabe exactamente lo que el otro quiere y piensa. En las fiestas o en cenas, nos vemos obligados a escuchar las mismas historias que ya hemos escuchado varias veces, siempre fingiendo sorpresa y, en ocasiones, nos vemos forzados a confirmarlas. El sexo pasa de la pasión a la obligación, y por eso es cada vez más escaso. En poco tiempo solo surge una vez a la semana, como mucho. Las mujeres se reúnen y hablan del fuego insaciable de sus maridos, lo cual no es más que una mentira descarada. Todas lo saben, pero ninguna quiere quedarse atrás.

Entonces llega el momento de las aventuras extraconyugales. Las mujeres charlan, ¡sí, charlan!, sobre sus amantes y su fuego insaciable. En eso hay algo de verdad, porque la mayoría de las veces sucede en el mundo encantado de la masturbación, tan real como el mundo de las que se arriesgaron y se dejaron seducir por el primero que se les cruzó en el camino, independientemente de sus cualidades. Compran ropa cara y fingen recato, aunque exhiban más sensualidad que una cría de dieciséis años, con la diferencia de que la cría sabe el poder que tiene.

Al final, llega el momento de resignarse. El marido pasa muchas horas fuera de casa, ocupado en el trabajo, y la mujer pasa más tiempo del necesario cuidando a los niños. Estamos en esa fase y estoy dispuesta a hacer cualquier cosa para cambiar la situación.

Solo el amor no es suficiente. Tengo que apasionarme por mi marido.

El amor no es solo un sentimiento, es un arte. Y, como en cualquier arte, la inspiración solo no basta, también es necesario mucho trabajo.

¿Por qué el ángel se aleja y deja sola a la mujer en la cama?

—No es un ángel. Es Eros, el dios griego del amor. La mujer que está en la cama con él es Psique.

Abro una botella de vino, sirvo las copas. Él pone el cuadro encima de la chimenea apagada, una pieza de decoración en las casas que disponen de calefacción central. Entonces comienza:

—Érase una vez una hermosa princesa, admirada por todos, pero con la que nadie se atrevía a casarse. Desesperado, el rey consultó al dios Apolo. Él le dijo que a Psique había que dejarla sola, vestida de luto, en la cima de una montaña. Antes de que rayara el día, una serpiente iría a buscarla para casarse con ella. El rey obedeció. La princesa esperó toda la noche, muerta de miedo y de frío, la llegada de su marido. Y al final se quedó dormida. Al despertar, se encontró en un hermoso palacio coronada reina. Todas las noches, su marido iba a su encuentro y hacían el amor. Sin embargo, él le había impuesto una única condición: Psique podía tener cuanto quisiera, pero debía confiar plenamente en él y no podría ver su rostro jamás.

Qué horror, pienso, pero no me atrevo a interrumpirlo.

—Ella vivió feliz durante mucho tiempo. Disfrutaba de comodidad, recibía cariño, alegría, y estaba enamorada del hombre que la visitaba todas las noches. Sin embargo, de vez en cuando, tenía miedo de estar casada con una serpiente horrorosa. Una madrugada, mientras su marido dormía, ella encendió una vela. Entonces vio a Eros acostado a su lado, un hombre de increíble belleza. La luz lo despertó. Al ver que la mujer a la que amaba no era capaz de cumplir su único deseo, Eros desapareció. Desesperada por recuperar su amor, Psique se sometió a una serie de tareas que Afrodita, la madre de Eros, le impuso. No hace falta decir que la suegra envidiaba la belleza de su nuera e hizo todo lo posible para impedir la reconciliación de la pareja. En una de esas tareas, Psique abrió una caja que la hizo caer en un profundo sueño.

Empiezo a estar ansiosa por saber cómo va a acabar la historia.

—Eros también estaba enamorado, y se arrepintió de no haber sido más tolerante con su mujer. Se las arregló para entrar en el castillo y despertarla con la punta de su flecha. «Estuviste a punto de morir por culpa de tu curiosidad», dijo. «Buscabas seguridad a través del conocimiento y destruiste nuestra relación». Pero en el amor, nada se destruye para siempre. Persuadidos por esa certeza, ambos recurrieron a Zeus, el dios de los dioses, para implorarle que su unión no pudiese romperse. Zeus intercedió con empeño por los amantes y utilizó buenos argumentos y amenazas, hasta que consiguió la conformidad de Afrodita. A partir de ese día, Psique (nuestra parte inconsciente, pero lógica) y Eros (el amor) permanecieron juntos para siempre.

Me sirvo otra copa de vino. Apoyo la cabeza en su hombro.

—El que no lo acepte y trate de buscar siempre una explicación para las mágicas y misteriosas relaciones humanas se perderá lo mejor que la vida puede ofrecerle.

Hoy me siento como Psique en la montaña, muerta de frío y de miedo. Pero si logro superar esta noche y entregarme al misterio y a la fe en la vida, me despertaré en un palacio. Todo cuanto necesito es tiempo.

Por fin llega el gran día en el que las dos parejas estarán juntas en una fiesta, una recepción ofrecida por un importante presentador de la televisión local. Hablamos ayer en la cama del hotel, mientras Jacob fumaba su cigarrillo de siempre antes de vestirse y salir.

Yo ya no podía rechazar la invitación, porque ya había confirmado mi presencia. Él también, y cambiar de opinión ahora habría sido «pésimo para su carrera».

Llego con mi marido a la sede de la cadena y nos dicen que la fiesta es en la última planta. Mi teléfono suena antes de entrar en el ascensor, lo que me obliga a salir de la cola y a permanecer en la entrada, hablando con mi jefe, mientras sigue llegando gente, que nos sonríe a mi marido y a mí y asiente discretamente con la cabeza. Al parecer, conozco a casi todo el mundo.

Mi jefe dice que mis artículos con el cubano (el segundo se publicó ayer, a pesar de haberlo escrito hace más de un mes) están siendo un gran éxito. Tengo que escribir uno más para completar la serie. Le explico que el cubano no quiere hablar más conmigo. Me pide que busque a cualquier otra persona, siempre y cuando sea «del gremio», porque no hay nada menos interesante que las opiniones convencionales (psicólogos, sociólogos, etc.). No conozco a nadie «del gremio», pero como tengo que colgar, me comprometo a pensar en ello.

Jacob y la señora König pasan y nos saludamos con una inclinación de la cabeza. Mi jefe está a punto de colgar cuando decido continuar la conversación. ¡Dios me libre de subir en el mismo ascensor que ellos! ¿Qué tal si entrevistamos a un pastor de rebaños y a un pastor protestante juntos?, le sugiero. ¿No sería interesante grabar su conversación acerca de cómo manejan el estrés o el hastío? Mi jefe dice que es una gran idea, pero sería mejor encontrar a alguien «del gremio». De acuerdo, lo intentaré. Las puertas se cierran y el ascensor sube. Puedo colgar sin miedo.

Le explico a mi jefe que no quiero ser la última en llegar a la recepción. Llevo dos minutos de retraso. Vivimos en Suiza, donde los relojes siempre marcan la hora exacta.

Sí, me he comportado de un modo extraño en los últimos meses, pero hay algo que no ha cambiado: detesto ir a fiestas. Y no entiendo por qué a la gente le gusta.

Sí, a la gente le gusta. Incluso cuando se trata de algo tan profesional como el cóctel de hoy; eso mismo, cóctel, nada de fiesta. Se visten, se maquillan, les comentan a sus amigos, no sin cierto aire de hastío, que por desgracia estarán ocupados el martes por culpa de la recepción que celebra los diez años del programa «Pardonnez-moi», presentado por el guapo, inteligente y fotogénico Darius Rochebin. Todo el mundo «importante» asistirá, y el resto tendrá que conformarse con las fotos que se publicarán en la única revista de famosos asequible para toda la población de la Suiza francesa.

Ir a fiestas como esta da estatus y visibilidad. De vez en cuando nuestro periódico cubre eventos de este tipo y, al día siguiente, recibimos llamadas de asesores de personas importantes, preguntando si se van a publicar las fotos en las que aparecen y diciendo que estarían muy agradecidos. Lo mejor, aparte de haber sido invitado, es ver que a tu presencia se le da la importancia que mereces. Y nada mejor para demostrarlo que aparecer en el periódico dos días más tarde, con un traje hecho especialmente para la ocasión (aunque eso nunca se confiese) y la misma sonrisa de otras fiestas y recepciones. Menos mal que no soy la responsable de la columna de sociedad; en mi estado actual de monstruo de Victor Frankenstein, ya me habrían despedido. Las puertas del ascensor se abren. Hay dos o tres fotógrafos en la entrada. Nos dirigimos al salón principal, con una vista de trescientos sesenta grados de la ciudad. Parece que la nube eterna ha decidido colaborar con Darius y ha levantado ligeramente su manto gris: vemos el mar de luces allá abajo.

No quiero quedarme mucho tiempo, le digo a mi marido. Y me pongo a hablar compulsivamente para disipar la tensión.

—Nos vamos cuando quieras —contesta, interrumpiéndome.

En este momento estamos muy ocupados saludando a una infinidad de personas que me tratan como si fuese una amiga íntima. Me comporto de la misma manera, aunque no sepa sus nombres. Si la conversación se prolonga, tengo un truco infalible: les presento a mi marido y no digo nada. Él se presenta y pregunta el nombre de la otra persona. Escucho la respuesta y repito, en voz alta y clara: «Cariño, ¿no te acuerdas de fulanito?».

¡Qué cinismo!

Se acaban los saludos, nos dirigimos hacia un rincón y me quejo: ¿por qué la gente tiene esa manía de preguntar si nos acordamos de ella? No hay nada más embarazoso. Todos se consideran lo suficientemente importantes como para pensar que yo, que conozco a gente nueva todos los días por mi profesión, los he grabado a sangre y fuego en la memoria.

—Sé más tolerante. La gente se divierte.

Mi marido no sabe lo que dice.

La gente solo finge que se divierte, pero lo que realmente quieren es visibilidad, atención y, de vez en cuando, reunirse con alguien para cerrar un negocio. El destino de esa gente que se cree guapa y poderosa al cruzar la alfombra roja está en manos de un individuo mal remunerado de la redacción. El que pagina la publicación recibe las imágenes por correo electrónico y es el que decide quién aparece y quién no en nuestro pequeño mundo, tradicional y convencional. Él es el que pone las imágenes de quien interesa en el periódico, dejando un pequeño espacio para que quepa la famosa foto de una visión general de la fiesta (o cóctel, o cena, o recepción). Allí, entre las cabezas anónimas de gente que se considera muy importante, con un poco de suerte, se podrá reconocer alguna que otra.

Darius sube al palco y se pone a hablar de sus experiencias con toda la gente importante que ha entrevistado durante los diez años de su programa. Me relajo un poco y me acerco a una de las ventanas con mi marido. Mi radar interno ha detectado a Jacob y a la señora König. Quiero distancia, e imagino que Jacob también.

—¿Te pasa algo?

Lo sabía. ¿Hoy eres el doctor Jekyll o mister Hyde? ¿Victor Frankenstein o su monstruo?

No, mi amor. Solo trato de evitar al hombre con el que me acosté ayer. Sospecho que todos en esta sala lo saben, y que llevamos la palabra *amantes* escrita en la frente.

Sonrío y le digo que, como ya debería saber, ya no tengo edad para ir a fiestas. Me encantaría estar en casa, cuidando de nuestros hijos en vez de haberlos dejado a cargo de una niñera. No me gusta beber, me aturde toda esta gente que me saluda y me habla, tener que fingir interés en lo que me dicen y responder con una pregunta para poder, por fin, meterme el aperitivo en la boca y masticar sin parecer una maleducada.

Se baja una pantalla y ponen un vídeo de los principales invitados que pasaron por el programa. He estado con algunos de ellos por trabajo, pero la mayoría son extranjeros de viaje en Ginebra. Como todo el mundo sabe, siempre hay alguien importante en Ginebra, e ir al programa es obligatorio.

—Entonces, vámonos. Ya te ha visto. Hemos cumplido con nuestro compromiso social. Alquilamos una película y disfrutamos del resto de la noche juntos.

No. Nos quedamos un poco más, porque Jacob y la señora König están aquí. Puede parecer sospechoso abandonar la fiesta antes de que termine la ceremonia. Darius llama al palco a algunos de los invitados de su programa, quienes dan un breve testimonio sobre la experiencia. Casi me muero de aburrimiento. Los hombres no acompañados comienzan a mirar a su alrededor, buscando discretamente a mujeres solas. Las mujeres, a su vez, se miran las unas a las otras: cómo van vestidas, qué maquillaje llevan, si están acompañadas por sus maridos o amantes.

Veo la ciudad allá fuera, perdida en una absoluta ausencia de pensamientos, esperando que el tiempo transcurra para poder marcharnos tranquilamente sin levantar sospechas.

—¡Tú!

¿Yo?

—¡Mi amor, te llama a ti!

Darius acaba de invitarme a subir al escenario y no lo he oído. Sí, estuve en su programa, con el expresidente de Suiza, para hablar de derechos humanos. Pero no soy tan importante. Ni se me había pasado por la cabeza, no hemos hablado de ello y no he preparado nada.

Pero Darius hace una señal. La gente me mira sonriendo. Camino hacia él, recompuesta y secretamente feliz porque a Marianne no la ha llamado ni la va a llamar. A Jacob tampoco, porque la idea es que la noche sea agradable y no llena de discursos políticos. Subo al palco improvisado —en realidad, es una escalera que une los dos ambientes de la sala en la parte superior de la torre de televisión—, le doy un beso a Darius y me pongo a contarles algo sin interés alguno de cuando fui al programa. Los hombres siguen cazando y las mujeres mirándose unas a otras. Los más cercanos fingen interés en lo que digo. Mantengo los ojos fijos en mi marido; todo el mundo que habla en público elige a alguien para que le sirva de apoyo.

En medio de mi discurso improvisado, veo algo que no debería haber sucedido de ninguna manera: Jacob y Marianne König están a su lado. Todo ha ocurrido en menos de dos minutos, el tiempo que he tardado en llegar al palco y comenzar el discurso, que, a estas alturas, hace que los camareros circulen y que la mayoría de los invitados desvíen la mirada en busca de algo más atractivo.

Me apresuro a dar las gracias. Los invitados aplauden. Darius me da un beso. Trato de ir hasta mi marido y la pareja König, pero me lo impide gente que me elogia por cosas que no he dicho, que afirma que he estado maravillosa, que está encantada con la serie de artículos sobre chamanismo, que me sugieren temas, me entregan tarjetas de visita y se ofrecen discretamente como fuentes de algo que puede ser «muy interesante» para mí. Todo eso me lleva unos diez minutos. Cuando estoy a punto de cumplir mi misión y me acerco a mi destino, al lugar en el que estaba antes de la llegada de los invasores, los tres están sonriendo. Me felicitan, dicen que soy genial para hablar en público y oigo la frase:

—Ya les he explicado que estás cansada y que los niños están con la niñera, pero la señora König insiste en que cenemos juntos.

—Es verdad. Supongo que ninguno de nosotros ha cenado aún, ¿no? —dice Marianne.

Jacob tiene una sonrisa artificial pegada en la cara y asiente, como un cordero camino del matadero.

En una fracción de segundo, me pasan doscientas mil excusas por la cabeza. Pero ¿por qué? Tengo una buena cantidad de cocaína preparada para usarla en cualquier momento, y nada mejor que esta «oportunidad» para saber si sigo adelante o no con mi plan.

Además, siento una curiosidad morbosa de ver cómo va a ser esa cena.

Será un placer, señora König.

Marianne elige el restaurante del hotel Les Armures, lo que demuestra cierta falta de originalidad, porque es ahí adonde todo el mundo suele llevar a sus invitados extranjeros. La *fondue* es excelente, el personal se esfuerza por hablar todas las lenguas posibles, está situado en el corazón de la ciudad vieja... Pero para los que viven en Ginebra no es, en absoluto, ninguna novedad.

Llegamos después que la pareja König. Jacob está fuera, soportando el frío en nombre de su adicción al tabaco. Marianne ya está dentro. Sugiero que mi marido también suba y le haga compañía, mientras yo espero a que el señor König acabe de fumar. Él dice que sería mejor al revés, pero yo insisto: no sería de buena educación dejar a dos mujeres solas en la mesa, ni siquiera durante unos minutos.

—La invitación también me ha cogido a mí por sorpresa —dice Jacob en cuanto mi marido entra.

Trato de comportarme como si no hubiese problema alguno. ¿Se siente culpable? ¿Tal vez preocupado por el posible final de su infeliz matrimonio (con esa bruja de hielo, me gustaría añadir)?

—No es eso. Resulta que...

Nos interrumpe la bruja. Con una sonrisa diabólica en los labios, me saluda (¡otra vez!) con los tres besos habituales y le dice a su marido que apague el cigarrillo para entrar ya. Leo entre líneas: sospecho de vosotros dos, seguro que estáis planeando algo, pero cuidado, soy inteligente, mucho más inteligente de lo que pensáis.

Pedimos lo de siempre: *raclette* y *fondue*. Mi marido dice que está cansado de comer queso y escoge algo diferente: una salchicha suiza, que también forma parte del menú que se les ofrece a las visitas. Y vino, pero Jacob no lo cata, le da vueltas, lo prueba y asiente; lo de la otra vez solo fue una manera estúpida de impresionarme el primer día. Mientras esperamos a que nos traigan la comida y hablamos de trivialidades, terminamos la primera botella, que enseguida es sustituida por la segunda. Le pido a mi marido que no beba más, o tendremos que volver a dejar el coche, y estamos mucho más lejos que la vez anterior. Llega la comida. Abrimos la tercera botella de vino. Seguimos con las trivialidades. Como parte de la rutina de un miembro del Consejo de los Estados, enhorabuena por mis dos artículos sobre el estrés («un enfoque muy inusual»), si es cierto que los precios de los inmuebles van a bajar al desaparecer el secreto bancario y, con él, miles de banqueros que ahora se trasladan a Singapur o a Dubái, donde vamos a pasar la Nochevieja.

Sigo esperando a que el toro salga a la arena. Pero no sale y bajo la guardia. Bebo un poco más de lo que debería, me siento relajada, alegre y, justo en este momento, se abren las puertas del toril.

—El otro día estaba hablando con algunos amigos acerca de ese estúpido sentimiento llamado *celos* —dice Marianne König—. ¿Qué pensáis al respecto?

¿Qué pensamos de un tema acerca del cual nadie habla en cenas como esta? La bruja ha planteado bien la frase. Debe de llevar todo el día pensando en ello. Dice que los celos son un «estúpido sentimiento» con la intención de dejarme más expuesta y vulnerable.

—Yo crecí siendo testigo de terribles escenas de celos en casa —dice mi marido.

¿Cómo? ¿Está hablando de su vida privada? ¿A una desconocida?

—Entonces me prometí a mí mismo que nunca dejaría que eso me sucediera a mí si alguna vez me casaba. Fue difícil al principio, porque nuestro instinto es controlarlo todo, incluso lo incontrolable, como el amor y la fidelidad. Pero lo logré. Y mi mujer, que cada día se reúne con gente diferente y a veces llega a casa más tarde de lo habitual, nunca ha recibido crítica o insinuación alguna por mi parte.

Tampoco he recibido nunca una explicación como esa. No sabía que había crecido en medio de escenas de celos. La bruja hace que todos obedezcan sus órdenes: vamos a cenar, apaga el cigarrillo, hablad sobre el tema que he elegido.

Hay dos razones para lo que mi marido acaba de decir. La primera es que desconfía de la invitación y trata de protegerme. La segunda: me está diciendo, delante de todos, lo importante que soy para él. Alargo la mano y toco la suya. Nunca lo había pensado. Simplemente creí que no le interesaba lo que yo hacía.

—¿Y tú, Linda? ¿No sientes celos de tu marido?

Por supuesto que no. Confío plenamente en él. Creo que los celos son algo propio de gente enferma, insegura, sin autoestima, que se siente inferior y cree que cualquiera puede poner en peligro su relación. ¿Y tú?

Marianne está atrapada en su propia trampa.

—Como ya he dicho, creo que se trata de un sentimiento estúpido.

Sí, eso ya lo has dicho. Pero, si descubrieses que tu marido te engaña con otra, ¿qué harías?

Jacob palidece. Se controla para no beberse de un solo trago todo el contenido de la copa después de mi pregunta.

—Pienso que todos los días se reúne con gente insegura, que se muere de hastío en su propio matrimonio y está destinada a llevar una vida mediocre y repetitiva. Supongo que hay gente así en tu trabajo, que pasarán de ser reporteros directamente a la jubilación...

Mucha, respondo sin emoción alguna en la voz. Me sirvo un poco más de *fondue*. Ella me mira fijamente a los ojos, sé que se refiere a mí, pero no quiero que mi marido sospeche nada. No me importan lo más mínimo, ni ella ni Jacob, que seguro que no aguantó la presión y se lo confesó todo.

Mi calma me sorprende. Tal vez sea el vino o el monstruo despierto que se divierte con todo esto. Tal vez sea el gran placer de enfrentarme a esta mujer, que se cree que lo sabe todo.

Sigue, le pido mientras mojo un trozo de pan en el queso fundido.

—Como ya sabréis, esas mujeres no deseadas no son una amenaza para mí. A diferencia de vosotros dos, no tengo plena confianza en Jacob. Sé que ya me ha engañado un par de veces, porque la carne es débil...

Jacob se ríe, nervioso, toma otro sorbo de vino. La botella se acaba, Marianne le hace una señal al camarero y le pide otra.

—... pero trato de verlo como parte de una relación normal. Si a mi marido no lo desearan y lo persiguieran todas esas zorras, pensaría que se debe a que no es interesante en absoluto. En lugar de celos, ¿sabes qué siento? Me excito. Muchas veces me quito la ropa, me acerco a él desnuda, abro las piernas y le pido que me haga exactamente lo que hizo con ellas. A veces le pido que me cuente cómo fue, y eso me hace tener numerosos orgasmos durante nuestras relaciones sexuales.

—Son las fantasías de Marianne —dice Jacob, sin resultar muy convincente—. Siempre sale con cosas así. El otro día me preguntó si me gustaría ir a un club de intercambio de parejas en Lausana.

Evidentemente no lo ha dicho bromeando, pero todo el mundo se echa a reír, incluida ella.

Para mi horror, descubro que a Jacob le encanta que lo llamen *macho infiel*. A mi marido parece interesarle mucho la respuesta de Marianne, y le pide que le hable un poco más de la excitación que siente al enterarse de las aventuras de su marido. Le pide la dirección del club de intercambio de parejas y me mira con los ojos brillantes. Dice que ya es hora de probar cosas diferentes. No sé si trata de controlar el clima casi insoportable de la mesa o si realmente está interesado en probar.

Marianne dice que no sabe la dirección, pero si le da su número de teléfono, se lo enviará por mensaje.

Es el momento de entrar en acción. Comento que, en general, las personas celosas tratan de demostrar exactamente lo contrario en público. Les encanta hacer insinuaciones para ver si pueden obtener algo de información sobre el comportamiento de sus parejas, pero son ingenuas al pensar que lo van a lograr. Yo, por ejemplo, podría tener una aventura con tu marido y nunca lo sabrías, porque no soy lo suficientemente estúpida como para caer en esa trampa.

Mi tono de voz se altera un poco. Mi marido me mira sorprendido por la respuesta.

—Mi amor, ¿no te parece que estás yendo demasiado lejos?

No, no me lo parece. No he sido yo quien ha empezado esta conversación, y no sé adónde quiere ir a parar la señora König. Pero desde que llegamos aquí no deja de insinuar cosas y ya estoy cansada. Por cierto, ¿no has notado cómo me miraba todo el tiempo mientras nos hacía hablar sobre un tema que no le interesa a nadie en esta mesa, salvo a ella misma?

Marianne me mira asombrada. Creo que no esperaba ninguna reacción, ya que está acostumbrada a controlarlo todo.

Comento que he conocido a muchas personas movidas por celos obsesivos, y no porque piensen que su marido o su mujer cometen adulterio, sino porque no son el centro de atención todo el tiempo, que es lo que les gustaría. Jacob llama al camarero y le pide la cuenta. Genial. Al fin y al cabo, han sido ellos los que nos han invitado y quienes deben asumir los gastos.

Miro el reloj y finjo una gran sorpresa: ¡ya pasa de la hora que acordamos con la niñera! Me levanto, les doy las gracias por la cena y me dirijo al guardarropa a recoger el abrigo. La conversación cambia al tema de los niños y la responsabilidad que suponen.

—¿Habrá pensado que me refería a ella? —oigo que le pregunta Marianne a mi marido.

—Por supuesto que no. No hay ninguna razón para ello.

Salimos al aire frío sin hablar mucho. Estoy enfadada, ansiosa, y le explico compulsivamente que sí, que ella se refería a mí, esa mujer es tan neurótica que el día de las elecciones ya me hizo varias insinuaciones. Siempre está deseando llamar la atención, debe de morirse de celos de un imbécil que tiene la obligación de comportarse bien y que ella controla con mano de hierro para que tenga un futuro en política, aunque, realmente, lo que le gustaría es estar ella en la tribuna diciendo lo que está bien y lo que está mal.

Mi marido dice que he bebido demasiado y que es mejor que me calme.

Pasamos por delante de la catedral. La niebla cubre otra vez la ciudad y todo parece una película de terror. Me imagino que Marianne está esperándome en algún rincón con un puñal, como en los tiempos en que Ginebra era una ciudad medieval, en constante lucha con los franceses.

Ni el frío ni la caminata me calman. Cogemos el coche y, al llegar a casa, me voy directamente a la habitación y me trago dos pastillas de Valium, mientras mi marido le paga a la niñera y mete a los niños en la cama.

Duermo diez horas seguidas. Al día siguiente, cuando me levanto para seguir la rutina matinal, empiezo a pensar que mi marido está un poco menos cariñoso. Es un cambio casi imperceptible, pero hay algo que ayer lo hizo sentirse incómodo. No sé muy bien qué hacer, nunca me había tomado dos tranquilizantes a la vez. Estoy en una especie de letargo que no se parece en nada al que provocan la soledad y la infelicidad.

Me voy a trabajar y, automáticamente, compruebo el móvil. Hay un mensaje de Jacob. Dudo si abrirlo, pero la curiosidad es mayor que el odio.

Me lo ha enviado esta mañana, muy temprano.

«Has metido la pata. Ella no tenía ni idea de que había algo entre nosotros, pero ahora está segura. Caíste en una trampa que ella no puso.»

Tengo que ir al dichoso supermercado y hacer la compra para casa, como una mujer no deseada y frustrada. Marianne tiene razón: eso es lo que soy, y un pasatiempo sexual para el cerdo estúpido que duerme en la misma cama que ella. Conduzco peligrosamente porque no puedo dejar de llorar y las lágrimas no me dejan ver bien los demás coches. Suenan bocinas y quejas, trato de ir más despacio, suenan más bocinas y más quejas.

Si fue una estupidez dejar que Marianne sospechara algo, más estúpido aún es haber puesto todo lo que tengo en peligro, mi marido, mi familia, mi trabajo.

Mientras conduzco, bajo el efecto retardado de dos tranquilizantes y con los nervios a flor de piel, me doy cuenta de que ahora también estoy arriesgando mi vida. Aparco en una calle lateral y lloro. Lloro tan fuerte que alguien se acerca y me pregunta si necesito ayuda. Contesto que no y la persona se aleja. Pero la verdad es que sí necesito ayuda, y mucha. Estoy sumergiéndome en mi interior, en el mar de barro que tengo dentro, y no puedo nadar correctamente.

Me muero de odio. Supongo que Jacob ya se ha recuperado de la cena de ayer y no querrá volver a verme. La culpa es mía, por querer ir más allá de mis límites, pensando en todo momento que soy sospechosa, que todos desconfiaban de lo que estaba haciendo. Tal vez sea una buena idea llamarlo y pedirle disculpas, pero sé que no me va a contestar. O puede que sea mejor llamar a mi marido y comprobar que todo está bien. Conozco su voz, sé cuándo está enfadado y tenso, aunque es un maestro del autocontrol. Pero no quiero saberlo. Tengo mucho miedo. Tengo el estómago encogido, las manos crispadas en el volante, y me permito llorar tan alto como puedo, gritar, hacer un escándalo en el único lugar seguro del mundo: mi coche. La persona que se ha acercado antes ahora me mira de lejos, temiendo que haga una tontería. No, no voy a hacer nada. Solo quiero llorar. No es mucho pedir, ¿verdad?

Siento que me he excedido. Quiero volver atrás, pero es imposible. Quiero desarrollar un plan para recuperar el terreno perdido, pero no puedo pensar con claridad. Todo lo que hago es llorar, sentir vergüenza y odio.

¿Cómo pude ser tan ingenua y creer que Marianne me miraba y decía cosas que ya sabía? Porque me sentía culpable, como una delincuente. Quería humillarla, destruirla delante de su marido, para que él dejara de verme como una simple distracción. Sé que no lo amo, pero poco a poco me estaba devolviendo la alegría perdida y alejándome del pozo de soledad en el que pensaba que estaba hundida hasta el cuello. Y ahora me doy cuenta de que esos días se han ido para siempre. Tengo que volver a la realidad, al supermercado, a los días siempre iguales, a la seguridad de mi casa, que hace tiempo era tan importante para mí y ahora se ha convertido en una cárcel. Tengo que recoger los trozos que quedan de mí. Quizá confesarle a mi marido todo lo que pasó.

Sé que lo va a entender. Es un hombre bueno, inteligente, que siempre pone la familia en primer lugar. Pero ¿y si no lo entiende? ¿Y si decide que ya es suficiente, que hemos llegado al límite y que está harto de vivir con una mujer que antes se quejaba de depresión y ahora se lamenta porque la ha abandonado su amante?

El llanto disminuye y empiezo a pensar. Dentro de un rato tengo que ir a trabajar, y no puedo pasarme todo el día en esta callejuela llena de hogares de parejas felices, con adornos de Navidad en las puertas, con gente yendo y viniendo sin darse cuenta de que estoy aquí, viendo cómo mi mundo se desmorona sin poder hacer nada.

Tengo que reflexionar. Debo establecer una lista de prioridades. ¿Seré capaz durante los próximos días, meses y años de fingir que soy una devota esposa y no un animal herido?

La disciplina nunca ha sido mi fuerte, pero no puedo comportarme como una desequilibrada.

Me seco las lágrimas y miro hacia adelante. ¿Arranco ya el coche? Aún no. Espero un poco más. Si hay alguna razón para alegrarse de lo que ha pasado es que me estaba cansando de vivir en la mentira. ¿Hasta qué punto mi marido no sospecha? ¿Notarán los hombres cuando las mujeres fingen el orgasmo? Es posible, pero no tengo forma de saberlo.

Salgo del coche, pago el estacionamiento más tiempo de lo necesario, así puedo caminar un rato sin rumbo. Llamo al trabajo y pongo una excusa poco convincente: uno de los niños tiene diarrea y tengo que llevarlo al médico. Mi jefe se lo cree; después de todo, los suizos no mienten.

Pero yo miento. Miento todos los días. He perdido mi autoestima y ya no sé por dónde ando. Los suizos viven en el mundo real. Yo vivo en un mundo de fantasía. Los suizos saben cómo resolver sus problemas. Incapaz de resolver los míos, creé una situación en la que tenía la familia ideal y el amante perfecto.

Camino por esta ciudad que adoro, con sus establecimientos, que, salvo los lugares para turistas, parecen haberse detenido en la década de los cincuenta del siglo pasado y no tienen la menor intención de modernizarse. Hace frío, pero gracias a Dios no hace viento, lo que permite que la temperatura sea soportable. Para tratar de distraerme y calmarme, me detengo en una librería, en una carnicería y en una tienda de ropa. Cada vez que salgo a la calle otra vez, siento que la baja temperatura me ayuda a apagar la hoguera en la que me he convertido.

¿Se puede uno educar para amar al hombre adecuado? Por supuesto que sí. El problema es conseguir olvidar al hombre equivocado, que entró sin permiso porque pasaba por allí y vio que la puerta estaba abierta.

¿Qué era exactamente lo que yo quería de Jacob? Sabía desde el principio que nuestra relación estaba condenada, aunque no podía imaginar que terminaría de una manera tan humillante. Tal vez solo quería lo que tuve: aventura y alegría. O tal vez quería más, vivir con él, ayudarlo a mejorar en su carrera, darle el apoyo que, al parecer, su mujer ya no le daba, el cariño que le faltaba, según dijo en una de nuestras primeras citas. Arrancarlo de su casa como se arranca una flor del jardín ajeno, y plantarlo en mi terreno, incluso a sabiendas de que las flores no resisten ese tipo de trato.

Me invade una oleada de celos, pero esta vez no hay lágrimas que derramar, solo rabia. Dejo de caminar y me siento en el banco de una parada de autobús cualquiera. Observo a las personas que llegan y se van, todas ocupadas en sus mundos tan pequeños que caben en la pantalla de un móvil, de la que no despegan los ojos ni los oídos.

Los autobuses vienen y van. La gente baja y camina apresurada, tal vez a causa del frío. Otras suben lentamente, sin ganas de llegar a casa, al trabajo, a clase. Pero nadie muestra rabia ni entusiasmo, no están contentos ni tristes, solo son almas en pena que cumplen mecánicamente la misión que el universo les impuso el día que nacieron.

Después de algún tiempo consigo relajarme un poco. He clasificado algunas piezas de mi rompecabezas interior. Una de ellas es precisamente la razón de este odio que va y viene, como los autobuses de esta parada. Es posible que haya perdido lo más importante de mi vida: mi familia. Perdí la batalla en busca de la felicidad, y eso no solo me humilla, sino que me impide ver el camino que debo seguir.

¿Y mi marido? Tengo que hablar francamente con él esta noche, confesárselo todo. Tengo la impresión de que eso me liberará, a pesar de las consecuencias que pueda sufrir. Estoy harta de mentir, a él, a mi jefe, a mí misma.

Pero ahora no quiero pensar en eso. Más que cualquier otra cosa, son los celos los que devoran mis pensamientos. No puedo levantarme de esta parada de autobús porque he descubierto que estoy encadenada. Las cadenas son pesadas y difíciles de arrastrar.

¿Debo entender que le gusta escuchar historias de infidelidad mientras está en la cama con su marido, haciendo las mismas cosas que hacía conmigo? Cuando cogió el condón de la mesilla de noche, nuestra primera vez, debería haber llegado a la conclusión de que había otras mujeres. Por el modo de poseerme, debería haber sabido que solo era una más. Muchas veces salí de aquel maldito hotel con esa sensación, diciéndome a mí misma que no iba a volver a verlo, y consciente, al mismo tiempo, de que aquella era otra de mis mentiras y que, si me llamaba, siempre iba a estar dispuesta, el día y a la hora que él quisiese.

Sí, sabía todo eso. Y trataba de convencerme de que solo quería sexo y aventura. Pero no era verdad. Hoy me doy cuenta de que, a pesar de habérmelo negado en todas mis noches de insomnio y en mis días vacíos, estaba enamorada, sí. Perdidamente enamorada.

No sé qué hacer. Supongo —de hecho, estoy segura— que toda la gente casada siente alguna atracción en secreto hacia alguien. Eso está prohibido, pero flirtear con lo prohibido es lo que le da gracia a la vida. Sin embargo, es poca la gente que va más allá: una de cada siete, como decía el artículo que leí en el periódico. Y creo que solo una de cada cien es capaz de confundirse hasta el punto de dejarse llevar por la fantasía como hice yo. Para la mayoría, no deja de ser una pequeña pasión, algo que desde el principio se sabe que no durará mucho. Un poco de emoción para hacer el sexo más erótico y oír los gritos de «te quiero» en el momento del orgasmo. Nada más.

Y si hubiera sido mi marido el que se hubiese buscado una amante, ¿cómo habría reaccionado yo? Sería radical. Diría que la vida es injusta conmigo, que no valgo para nada, que me estoy haciendo vieja, montaría un escándalo, lloraría sin parar de celos, que en realidad sería envidia porque él puede y yo no. Me marcharía inmediatamente dando un portazo y me iría con los niños a casa de mis padres. Dos o tres meses después estaría arrepentida, buscando cualquier excusa para regresar creyendo que él también lo desea. Después de cuatro meses ya estaría aterrorizada ante la posibilidad de tener que empezar de nuevo otra vez. Al cabo de cinco meses buscaría una excusa para pedirle que volviese, «por el bien de los niños», pero sería demasiado tarde: él estaría viviendo con su amante, mucho más joven y llena de energía, guapa, que le devuelve la gracia de la vida.

Suena el teléfono. Mi jefe me pregunta cómo está mi hijo. Le digo que estoy en una parada de autobús y que casi no se oye, pero va todo bien, y pronto llegaré al periódico.

Una persona aterrorizada nunca ve la realidad. Prefiere esconderse en sus fantasías. No puedo seguir en este estado durante más de una hora, tengo que recomponerme. El trabajo me espera y eso podría ayudarme.

Dejo la parada de autobús y echo a andar hacia el coche. Miro las hojas muertas en el suelo. Creo que, en París, ya las habrían recogido. Pero estamos en Ginebra, una ciudad mucho más rica, y todavía están ahí.

Algún día esas hojas formaron parte de un árbol, que ahora se recoge y se prepara para una estación de reposo. ¿Tuvo el árbol consideración de aquel manto verde que lo cubría, lo alimentaba y le permitía respirar? No. ¿Pensó en los insectos que vivían en él y que ayudaban a polinizar las flores, manteniendo la naturaleza viva? No. El árbol solo piensa en sí mismo: ciertas cosas, como las hojas y los insectos, se descartan cuando es necesario.

Soy una de esas hojas en el suelo de la ciudad, que vivió pensando que sería eterna y murió sin saber exactamente por qué; que amaba el sol y la luna y durante mucho tiempo vio esos autobuses pasando, los tranvías traqueteando, y a la que nadie ha tenido la gentileza de avisar de la existencia del invierno. Vivieron al máximo, hasta que un día se fueron poniendo amarillas y el árbol les dijo «adiós».

No les dijo «hasta luego», sino «adiós», sabiendo que no iban a volver nunca más. Y le pidió ayuda al viento para soltarlas de sus ramas cuanto antes y llevárselas muy lejos. El árbol sabe que solo podrá crecer si puede descansar. Y si crece, será respetado. Y podrá dar flores aún más bonitas.

Basta. La mejor terapia para mí ahora es el trabajo, porque ya he llorado todas las lágrimas que tenía y ya he pensado en todo lo que tenía que pensar. Aun así, no he podido librarme de nada.

Pongo el piloto automático, llego a la calle donde aparqué y me encuentro a uno de esos guardias de uniforme rojo y azul escaneando la matrícula de mi coche con una máquina.

—¿El vehículo es suyo?

Sí.

Él sigue con su trabajo. Yo no digo nada. La matrícula escaneada ya está dentro del sistema, se envía a la central, se procesará y generará una notificación con el discreto sello de la policía en el recuadro de celofán de los sobres oficiales. Tendré treinta días para pagar los cien francos, pero también puedo recurrir la multa y gastarme quinientos francos en abogados.

—Pasan veinte minutos. El tiempo máximo aquí es de media hora.

Solo asiento con la cabeza. Veo que se sorprende, no le estoy implorando que pare, argumentando que no volverá a pasar, tampoco he venido corriendo cuando he visto que estaba aquí. Mi reacción no es la habitual.

Sale un tique de la máquina que ha escaneado la matrícula de mi coche, como si estuviésemos en un supermercado. Lo mete en un sobre de plástico (para protegerlo de la intemperie) y se acerca al coche para sujetarlo con una de las escobillas del limpiaparabrisas. Pulso el botón de la llave y las luces parpadean, lo que indica que la puerta está abierta.

Él se da cuenta de la tontería que estaba a punto de hacer pero, como yo, está en piloto automático. El sonido de las puertas desbloqueándose lo despierta, entonces se me acerca y me entrega la multa.

Nos vamos los dos contentos. Él porque no ha tenido que aguantar mis quejas, y yo porque me han dado un poco de lo que me merezco: un castigo.

No lo sé, pero voy a averiguar pronto si mi marido ejerce un supremo autocontrol o si realmente no le da ninguna importancia a lo sucedido.

Llego a casa a tiempo, después de otro día de trabajo dedicado a las cosas más triviales del mundo: formación de pilotos, el exceso de árboles de Navidad en el mercado, la introducción de controles electrónicos en los cruces de las vías de ferrocarril. Me alegro, porque no me encontraba en condiciones, ni físicas ni psicológicas, de pensar mucho.

Preparo la cena como si fuera otra noche más de todas las que hemos pasado juntos. Vemos un rato la televisión. Los niños suben antes a su habitación, atraídos por sus tabletas y los juegos en los que matan terroristas o militares, según el día.

Meto los platos en el lavavajillas. Mi marido va a intentar que los niños duerman. Hasta ahora solo hemos hablado de obligaciones. No sabría decir si siempre ha sido así y nunca lo había notado, o si hoy está especialmente raro. Lo descubriré dentro de un rato.

Mientras él está arriba, enciendo la chimenea por primera vez este año: contemplar el fuego me tranquiliza. Voy a revelarle algo que supongo que ya sabe, pero necesito todos los aliados posibles. Con esa excusa, también abro una botella de vino. Preparo una tabla de quesos variados. Bebo el primer sorbo de vino y fijo la mirada en las llamas. No siento ansiedad ni miedo. Basta ya de esa doble vida. Pase lo que pase hoy, será mejor para mí. Si nuestro matrimonio tiene que romperse, que así sea: un día de otoño, antes de Navidad, mirando a la chimenea y hablando como personas civilizadas.

Él baja, ve la escena preparada y no pregunta nada. Se limita a sentarse a mi lado en el sofá y a mirar el fuego. Se bebe el vino y me dispongo a rellenarle la copa, pero hace un gesto con la mano, indicando que es suficiente.

Comento cualquier tontería: hoy la temperatura está bajo cero. Él asiente con la cabeza.

Al parecer, voy a tener que tomar la iniciativa.

Realmente lamento lo que pasó anoche en la cena...

—No fue culpa tuya. Esa mujer es muy rara. Por favor, no me invites más a ese tipo de reuniones.

Su voz parece tranquila. Pero todo el mundo sabe, ya desde la infancia, que antes de las peores tempestades hay un momento en el que el viento y todo da la impresión de ser absolutamente normal.

Insisto en el tema. Marianne estaba celosa pero disimulaba tras una máscara de progresista y liberal.

—Es cierto. Los celos son ese sentimiento que nos dice: «Puedes perder todo aquello que te ha costado tanto trabajo conseguir». Nos impiden ver todo lo demás, los momentos de alegría y felicidad y los vínculos creados en esas ocasiones. ¿Cómo es posible que el odio pueda hacer desaparecer toda la historia de una pareja?

Está preparando el terreno para que le diga todo lo que tengo que decirle. Continúa:

—Llega un día en el que todo el mundo dice: «Bueno, mi vida no se corresponde realmente con mis expectativas». Pero si la vida le preguntase qué ha hecho por ella, ¿cuál sería la respuesta?

¿Es una pregunta para mí?

—No. Me estoy cuestionando a mí mismo. Nada sucede sin esfuerzo. Hay que tener fe. Y, para eso, tenemos que romper las barreras de los prejuicios, lo cual requiere coraje. Para tener coraje, hay que vencer el miedo. Y así sucesivamente. Hagamos las paces con nuestros días. No podemos olvidar que la vida está de nuestro lado. Ella también quiere mejorar. ¡Ayudémosla!

Me sirvo otra copa de vino. Él echa más leña al fuego. ¿Cuándo voy a tener el coraje de confesar?

Él, sin embargo, no parece dispuesto a dejarme hablar.

—Soñar no es tan simple como parece. Al contrario. Puede ser peligroso. Cuando soñamos, ponemos en marcha poderosas energías y ya no podemos ocultarnos a nosotros mismos el verdadero sentido de nuestra vida. Cuando soñamos, también elegimos el precio que debemos pagar.

Ahora. Cuanto más tarde, más sufrimiento para los dos.

Levanto la copa, brindo y le digo que hay algo que me preocupa mucho. Él responde que ya hablamos de eso en Le Valon, cuando le abrí mi corazón y le hablé de mi miedo a estar deprimida. Le explico que no me refiero a eso.

Me interrumpe y continúa su razonamiento:

—Perseguir un sueño tiene un precio. Nos puede obligar a abandonar nuestros hábitos, nos puede suponer dificultades, nos puede llevar a la decepción... Pero por muy caro que sea, nunca es tan alto como el precio pagado por aquellos que no se atrevieron a perseguirlo. Porque esas personas, un día, al mirar atrás, oirán a su propio corazón diciéndoles: «He desperdiciado mi vida».

No me lo está poniendo fácil. ¿Y si lo que tengo que decir no es una tontería, sino algo muy concreto, real, amenazador?

Se ríe.

—Controlé los celos que siento y me siento feliz. ¿Sabes por qué? Porque siempre tengo que mostrarme digno de tu amor. Tengo que luchar por nuestro matrimonio, por nuestra unión, y eso no tiene nada que ver con nuestros hijos. Te quiero. Lo soportaría todo, absolutamente cualquier cosa, para tenerte siempre a mi lado. Pero no puedo impedir que un día te vayas. Así que, si ese día llega, serás libre para irte en busca de tu felicidad. Mi amor por ti es más fuerte que cualquier otra cosa, y nunca te impediría ser feliz.

Mis ojos se llenan de lágrimas. Hasta el momento no sé exactamente a qué se refiere. Si es solo una conversación sobre los celos, o si es una indirecta.

—No tengo miedo de la soledad —continúa—. Tengo miedo de vivir engañándome a mí mismo, viendo la realidad como quiero que sea, y no como es realmente.

Coge mi mano.

—Eres una bendición en mi vida. Puede que no sea el mejor marido del mundo, porque casi nunca demuestro mis sentimientos. Y sé que lo echas de menos. También sé que, por esa razón, puedes pensar que no eres importante para mí, que puede hacerte sentir insegura, cosas así. Pero no es cierto. Tenemos que sentarnos más frente a la chimenea y hablar de cualquier cosa, menos de celos. Porque no me interesa. A lo mejor nos sentaría bien irnos de viaje juntos, solo nosotros dos. Pasar el Año Nuevo en una ciudad diferente, o incluso en algún lugar que ya conocemos.

¿Y los niños?

—Estoy seguro de que los abuelos estarían encantados de quedarse con ellos. —Y añade—: Cuando se ama, hay que estar preparado para todo. Porque el amor es como un caleidoscopio, como aquellos con los que solíamos jugar de niños. Está en constante movimiento y nunca se repite. El que no lo entienda está condenado a sufrir por algo que solo existe para hacernos felices. Y ¿sabes qué es lo peor? La gente como esa mujer, siempre preocupada por lo que los demás piensan de su matrimonio. Para mí, eso no importa. Lo único que cuenta es lo que tú piensas.

Apoyo la cabeza en su hombro. Todo lo que tenía que decirle ha perdido importancia. Sabe lo que pasa y es capaz de manejar la situación de una manera que yo nunca podría.

—Es sencillo: siempre que no cometas ninguna ilegalidad, ganar o perder dinero en el mercado financiero está permitido.

El exmagnate pretende mantener la imagen de que es uno de los hombres más ricos del mundo. Pero su fortuna se ha evaporado en menos de un año, cuando los grandes financieros descubrieron que estaba vendiendo sueños. Trato de mostrar interés por lo que dice. Después de todo, fui yo la que le pidió a mi jefe zanjar definitivamente la serie de artículos sobre la búsqueda de soluciones para el estrés.

Hace una semana recibí un mensaje de Jacob diciendo que lo había echado todo a perder. Una semana desde que vagué por la calle llorando, algo que volveré a recordar cuando me llegue la multa de tráfico. Una semana desde aquella conversación con mi marido.

—Siempre tenemos que saber cómo vender una idea. Eso es lo que constituye el éxito de cualquier persona: saber vender lo que quiere vender —continúa el exmagnate.

Amigo mío, a pesar de toda la pomposidad, de tu aparente seriedad y de esta suite en este hotel de lujo; a pesar de las magníficas vistas y de los trajes impecablemente confeccionados por un sastre londinense, a pesar de esa sonrisa y ese pelo cuidadosamente teñido, dejando algunas canas para dar sensación de «naturalidad»; a pesar de la seguridad con la que hablas y te mueves, hay algo de lo que entiendo más que tú: ir por ahí vendiendo una idea no lo es todo. Hay que buscar a quien la compre. Eso vale para los negocios, para la política y para el amor.

Supongo, mi querido exmillonario, que sabes a qué me refiero: tienes gráficos, asistentes, presentaciones..., pero lo que la gente quiere son resultados.

El amor también quiere resultados, aunque todo el mundo diga que no, que el acto de amar se justifica por sí mismo. ¿Es así? Yo podría estar paseando por el Jardín Inglés, con mi abrigo de piel comprado cuando mi marido visitó Rusia, disfrutando del otoño, sonriendo al cielo y diciendo: «Amo y eso es suficiente». ¿Sería cierto?

Por supuesto que no. Amo, pero a cambio quiero algo concreto, ir de la mano, besos, sexo ardiente, un sueño que compartir, la posibilidad de crear una nueva familia, de educar a mis hijos, de envejecer al lado de la persona amada.

—Debemos tener un objetivo muy claro a la hora de dar cualquier paso —explica la patética figura sentada frente a mí, con una sonrisa aparentemente confiada.

Al parecer, estoy de nuevo al borde de la locura. Relaciono todo lo que oigo o leo con mi situación emocional, incluida la entrevista con este aburrido personaje. Pienso en ello las veinticuatro horas del día, caminando por la calle, cocinando, o desperdiciando valiosos momentos de mi vida escuchando cosas que, en vez de distraerme, me empujan más hacia el abismo en el que estoy cayendo.

—El optimismo es contagioso...

El exmagnate no para de hablar, seguro de que será capaz de convencerme, de que lo voy a publicar en el periódico y así comenzará su redención. Es genial entrevistar a gente así. Solo tenemos que hacer una pregunta, y hablan durante una hora. A diferencia de mis conversaciones con el cubano, esta vez no le estoy prestando atención a nada de lo que dice. La grabadora está en marcha y después reduciré este monólogo a seiscientas palabras, el equivalente a unos cuatro minutos de conversación, más o menos.

El optimismo es contagioso, dice.

Si fuese así, sería suficiente con presentarse ante la persona amada, con una enorme sonrisa y un montón de planes e ideas, y saber cómo presentarle el producto. ¿Funcionaría?

No. Contagioso es el miedo, el temor constante a no encontrar a alguien que nos acompañe hasta el final de nuestros días. Y, en nombre de ese miedo, somos capaces de hacer cualquier cosa, aceptar a la persona equivocada y convencernos de que es la adecuada, la única, la que Dios ha puesto en nuestro camino. En muy poco tiempo, la búsqueda de la seguridad se convierte en amor sincero, las cosas son menos amargas y difíciles, y podemos meter nuestros sentimientos en una caja y guardarla en el fondo de un armario en nuestra cabeza, donde permanecerá oculta e invisible para siempre.

—Alguna gente dice que soy uno de los hombres con mejores contactos de mi país. Conozco a otros empresarios, políticos, hombres de negocios. Lo que está pasando con mis empresas es temporal. En breve será usted testigo de mi regreso.

Yo también soy una persona con contactos, conozco al mismo tipo de gente que él. Pero no quiero preparar mi regreso. Solo deseo una ruptura civilizada con uno de esos «contactos».

Porque las cosas que no acaban de un modo definitivo siempre dejan una puerta abierta, una posibilidad inexplorada, una oportunidad para que todo vuelva a ser como antes. No, yo no soy así, aunque conozco a mucha gente a la que le encanta esa situación.

¿Qué estoy haciendo? ¿Comparando el amor con la economía? ¿Tratando de establecer alguna relación entre el mundo financiero y el mundo emocional?

Hace una semana que no sé nada de Jacob. También hace una semana que la relación con mi marido volvió a la normalidad, después de aquella noche frente a la chimenea. ¿Seremos capaces de reconstruir nuestro matrimonio?

Hasta la primavera de este año yo era una persona normal. Un día descubrí que todo lo que tenía podría desaparecer de un momento a otro, y en lugar de reaccionar como una persona inteligente, me entró el pánico. Eso me llevó a la inercia. La apatía. La incapacidad para reaccionar y cambiar. Y después de muchas noches sin dormir, muchos días sin alegría de vivir, hice exactamente lo que más temía: ir en dirección contraria, desafiando el peligro. Sé que no soy la única, la gente tiene tendencia a la autodestrucción. Por casualidad, o porque la vida quería ponerme a prueba, encontré a alguien que me agarró por el pelo, tanto en sentido literal como figurado, me sacudió, alejando el polvo que se había ido acumulando, y me hizo volver a respirar.

Todo absolutamente falso. El mismo tipo de felicidad que los adictos deben de sentir cuando se drogan. Tarde o temprano, el efecto pasa, y la desesperación es aún mayor.

El exmagnate empieza a hablar de dinero. No le he preguntado nada al respecto, pero sigue. Tiene una gran necesidad de decir que no es pobre, que puede mantener su estilo de vida durante muchas décadas.

No soporto más estar aquí. Le doy las gracias por la entrevista, apago la grabadora y cojo el abrigo.

—¿Está libre esta noche? Podríamos tomar una copa y terminar esta conversación —sugiere.

No es la primera vez que pasa esto. De hecho, conmigo es casi una costumbre. Soy guapa e inteligente (aunque la señora König no lo admita), y he utilizado mi encanto para conseguir que algunas personas dijesen cosas que normalmente no le dirían a un periodista, advirtiéndoles siempre de que podría publicarlo todo. Pero los hombres... ¡Ah, los hombres! Hacen todo lo posible y lo imposible para ocultar sus debilidades, pero cualquier chica de dieciocho años puede manipularlos sin mucho esfuerzo.

Le agradezco la invitación y le digo que ya tengo un compromiso para esta noche. Me tienta preguntarle cómo reaccionó su última novia ante la oleada de noticias negativas sobre él y el colapso de su imperio. Pero supongo que eso no tiene importancia para el periódico.

Salgo, cruzo la calle y voy al Jardín Inglés, donde, momentos antes, me imaginaba a mí misma paseando. Voy hasta una heladería tradicional que hay en la esquina de la calle 31 de

Diciembre. Me gusta el nombre de esa calle, porque siempre me recuerda que, tarde o temprano, el año se acabará y haré otra vez grandes promesas para el siguiente.

Pido un helado de pistacho con chocolate. Camino hasta el muelle, me tomo el helado frente al símbolo de Ginebra, el chorro de agua que se proyecta hacia el cielo, creando una cortina de gotas en mi frente. Los turistas se acercan y sacan fotos que saldrán mal iluminadas. ¿No sería más fácil comprar una postal?

He visitado muchos monumentos en el mundo. Hombres imponentes cuyo nombre ya nadie recuerda, pero que permanecen eternamente montados sobre sus hermosos caballos. Mujeres con coronas o espadas tendidas hacia el cielo, simbolizando victorias que ya ni siquiera aparecen en los libros de texto. Niños solitarios sin nombre, tallados en piedra, con la inocencia perdida para siempre por las horas y los días que se vieron obligados a posar para algún artista cuyo nombre la historia también ha borrado.

Al final, salvo rarísimas excepciones, no son las estatuas las que singularizan una ciudad, sino las cosas inesperadas. Cuando Eiffel construyó una torre de acero para una exposición, nunca soñó que se convertiría en el símbolo de París, a pesar del Louvre, del Arco de Triunfo, de sus impresionantes jardines. Una manzana representa a Nueva York. Un puente es el símbolo de San Francisco. Otro, sobre el Tajo, aparece en las postales de Lisboa. Barcelona tiene una catedral inacabada como su monumento más emblemático.

Lo mismo sucede con Ginebra. Justo en ese punto el lago Lemán se encuentra con el río Ródano, provocando una corriente muy fuerte. Para aprovechar la fuerza hidráulica (somos expertos en aprovechar las cosas) se construyó una central, pero cuando los trabajadores volvían a casa y cerraban las válvulas, la presión era demasiado alta y las turbinas estallaban.

Hasta que a un ingeniero se le ocurrió la idea de poner una fuente para permitir el escape del exceso de agua.

Con el tiempo, la ingeniería solucionó el problema y la fuente dejó de ser necesaria. Pero en un referéndum los habitantes decidieron mantenerla. La ciudad ya tenía muchas fuentes y esta quedaba en medio de un lago. ¿Qué hacer para que sea visible?

Así fue como nació el monumento mutante. Se instalaron potentes bombas y actualmente es un chorro fortísimo que dispara quinientos litros de agua por segundo, a doscientos kilómetros por hora. Dicen, y lo he comprobado, que se puede ver incluso desde un avión a diez mil metros de altura. No tiene ningún nombre especial; se llama sencillamente Jet d'Eau («Chorro de agua»), y es el símbolo de la ciudad, a pesar de todas las esculturas ecuestres, mujeres heroicas y niños solitarios.

Una vez le pregunté a Denise, una científica suiza, qué pensaba del Jet d'Eau: «Nuestro cuerpo está compuesto casi en su totalidad de agua, por donde pasan las descargas eléctricas que comunican información. Una de esas informaciones se llama *amor* y puede interferir en todo el organismo. El amor cambia todo el tiempo. Creo que el símbolo de Ginebra es el más hermoso monumento al amor concebido por el arte del hombre, porque tampoco es siempre el mismo».

Cojo el móvil y llamo al despacho de Jacob. Sí, podría llamar directamente a su número personal, pero no quiero. Hablo con su asistente y lo informo de que estoy de camino.

El asistente me conoce. Me pide que espere un momento para confirmármelo. Un minuto después vuelve y se disculpa diciéndome que la agenda está llena, ¿qué tal a principios del año que viene? Le digo que no, que tengo que verlo ya, se trata de algo muy urgente.

«Algo muy urgente» no siempre abre puertas, pero en este caso estoy segura de que tengo bastantes posibilidades. Esta vez, el asistente tarda dos minutos. Me pregunta si podría ser a principios de la semana próxima. Aviso de que llegaré dentro de veinte minutos.

Le doy las gracias y cuelgo.

Jacob me pide que me vista enseguida, después de todo, su despacho es un lugar público, financiado con dinero del Estado y, si se descubre, podría acabar en la cárcel. Observo con atención las paredes cubiertas de paneles de madera tallada y los hermosos frescos del techo. Sigo tumbada, totalmente desnuda, en el sofá de cuero ya muy desgastado por el tiempo.

Él se pone cada vez más nervioso. Lleva americana y corbata, mira el reloj con ansiedad. La hora de la comida ha terminado. Su asistente particular ya ha vuelto, llamó discretamente a la puerta, oyó la respuesta «estoy reunido» y no insistió. Desde entonces ya han pasado cuarenta minutos, y con ellos algunas audiencias y reuniones que se estarán suspendiendo.

Al llegar, Jacob me recibió con tres besos en las mejillas y señaló, educadamente, la silla frente a su mesa. No me hizo falta la intuición femenina para darme cuenta de lo asustado que estaba. ¿Cuál es el motivo de esta visita? No entiendo lo de la agenda apretada, ¿es porque pronto empezará el receso parlamentario y tiene que resolver asuntos importantes? ¿Acaso no he leído el mensaje que me envió, diciendo que su mujer estaba convencida de que había algo entre nosotros? Tenemos que esperar un tiempo, dejar que las cosas se enfríen, antes de volver a vernos.

—Por supuesto, lo negué todo. Fingí que estaba profundamente sorprendido con sus insinuaciones. Le dije que me ofendía. Que estaba harto de su falta de confianza y que podía preguntarle a cualquiera sobre mi comportamiento. ¿No fue ella la que dijo que los celos eran un síntoma de inferioridad? Hice lo que pude, pero ella se limitó a responder: «No seas tonto. No me quejo de nada, solo digo que ya sé por qué eras tan amable y cortés últimamente. Porque...».

No lo dejé terminar la frase. Me levanté y lo agarré por el cuello. Pensó que iba a agredirlo. Pero, en lugar de eso, le di un largo beso. Jacob no sabía cómo reaccionar porque supuso que había ido allí a montarle un escándalo. Pero seguí besando su boca, su cuello, mientras desataba el nudo de su corbata.

Me apartó. Le di una bofetada en la cara.

—Solo voy a cerrar la puerta. Yo también te echaba de menos.

Cruzó el despacho bien decorado, con muebles del siglo XIX, echó la llave y, al volver, yo ya estaba medio desnuda, solo tenía las bragas.

Mientras le arrancaba la ropa, empezó a chupar mis pechos. Gemí de placer, él me tapó la boca con la mano, pero moví la cabeza y seguí gimiendo bajito.

Mi reputación también está en juego, como ya sabrás. No te preocupes.

Fue el único momento en que paramos y dije algo. Después me arrodillé y empecé a chuparlo. Una vez más, él sujetaba mi cabeza, marcando el ritmo, más rápido, cada vez más rápido. Pero yo no quería que eyaculara en mi boca. Lo empujé y me acerqué al sofá de cuero y me tumbé con las piernas abiertas. Se agachó y comenzó a lamer mi sexo. Cuando tuve el primer orgasmo, me mordí la mano para no gritar. La oleada de placer parecía no tener fin y seguí mordiéndome la mano.

Entonces dije su nombre, le dije que entrase en mí y que me hiciese todo lo que quisiera. Me penetró, me agarró por los hombros y me sacudió como un salvaje. Empujó mis piernas hacia mis hombros para poder llegar más profundamente. El ritmo fue en aumento, pero le ordené que no eyaculase todavía. Necesitaba más y más y más.

Me puso en el suelo, a cuatro patas como un perro, me pegó y me penetró otra vez, mientras yo movía descontroladamente la cintura. Por sus gemidos ahogados, me di cuenta de que estaba a punto de eyacular, de que ya no podía controlarse. Hice que saliera de dentro de mí, me di la vuelta y le pedí que entrara de nuevo, mirándome a los ojos y diciéndome esas cosas sucias que nos encantaba decirnos cuando hacíamos el amor. Le dije las cosas más ordinarias que una mujer le puede decir a un hombre. Él pronunciaba mi nombre en voz baja, pidiéndome que le dijera que lo amaba. Pero yo solo decía obscenidades y le exigía que me tratara como a una prostituta, como a una cualquiera, o bien que me utilizara como a una esclava, alguien que no merece respeto.

Mi cuerpo estaba totalmente estremecido. El placer llegaba en oleadas. Tuve otro orgasmo, y otro, mientras él se controlaba para prolongarlo todo lo posible. Nuestros cuerpos chocaban violentamente, provocando ruidos sordos que a él ya no le importaba que se oyesen a través de la puerta.

Con los ojos fijos en los suyos y oyéndolo repetir mi nombre en cada movimiento, me di cuenta de que iba a eyacular, y llevaba condón. Volví a moverme para hacerlo salir de mí y le pedí que eyaculase en mi cara, en mi boca, y que dijera que me amaba.

Jacob hizo exactamente lo que le dije, mientras yo me masturbaba y sentía el orgasmo con él. Entonces me abrazó, apoyó la cabeza en mi hombro, limpió las comisuras de mi boca con sus manos y repitió, muchas veces, que me amaba y que me había echado mucho de menos.

Ahora me pide que me vista pero no me muevo. Vuelve a ser el chico formal que los votantes admiran. Sospecha que algo no va bien, pero no sabe qué es. Empieza a entender que no estoy ahí solo porque es un amante maravilloso.

—¿Qué quieres?

Ponerle el punto final a esto. Acabar, por más que me rompa el corazón y me deje emocionalmente destrozada. Mirarlo a los ojos y decir que se acabó. Nunca más.

La última semana fue un sufrimiento casi insoportable. Lloré lágrimas que no tenía y me perdía en pensamientos en los que me llevaban al campus universitario, en el que trabaja su mujer, para internarme a la fuerza en el hospital que hay allí.

Pensé que había fracasado en todo, menos en mi trabajo y como madre. Estaba al borde de la vida y la muerte cada minuto, soñando con todo lo que podría haber vivido con él si todavía fuésemos dos adolescentes que mirásemos juntos hacia el futuro, como si fuera la primera vez. Pero hubo un momento en el que me di cuenta de que había llegado al límite de la desesperación, no podía hundirme más, y al levantar la vista solo había una mano tendida: la de mi marido.

Seguro que también tuvo sus sospechas, pero su amor fue más fuerte. Traté de ser honesta, de contárselo todo y quitarme ese peso de encima, pero no fue necesario. Me hizo ver que, independientemente de las decisiones que yo tomara en la vida, él siempre estaría a mi lado, y por eso sentí alivio.

Comprendí que me estaba culpando y castigándome por cosas por las que él ni me condenaba ni me culpaba. Me decía a mí misma: «No soy digna de este hombre, no sabe quién soy».

Pero sí que lo sabe, sí. Y eso es lo que me permite recuperar el respeto por mí misma y también la autoestima. Porque, si un hombre como él, que no tendría ninguna dificultad para encontrar a una compañera al día siguiente de la separación, quiere seguir a mi lado de todos modos es porque algo valgo, valgo mucho.

Me di cuenta de que podía volver a dormir a su lado sin sentirme sucia, sin pensar que lo estaba traicionando. Me sentí amada y pensé que me merecía ese amor.

Me levanto, recojo mi ropa y voy a su cuarto de baño privado. Sabe que es la última vez que me ve desnuda.

Queda un largo proceso de recuperación por delante, sigo al volver al despacho. Supongo que él siente lo mismo, pero estoy segura de que todo cuanto Marianne quiere es que esta aventura se acabe de una vez, para poder volver a abrazarlo con el mismo amor y la seguridad de antes.

—Sí, pero no me dice nada. Supo lo que ocurría y se cerró todavía más. Nunca ha sido cariñosa, y ahora parece un robot, volcada más que nunca en su trabajo. Es su manera de huir.

Me arreglo la falda y los zapatos, saco un paquetito del bolso y lo dejo sobre su mesa.

—¿Qué es eso?

Cocaína.

—No sabía que tú...

No hay nada que saber, pienso. No tiene que saber hasta adónde estaba dispuesta a llegar para luchar por el hombre del que estaba locamente enamorada. La pasión sigue ahí, pero la llama se debilita día a día. Sé que, con el tiempo, desaparecerá por completo. Cualquier ruptura es dolorosa y puedo sentir el dolor en cada fibra de mi cuerpo. Es la última vez que lo veo a solas. Volveremos a vernos en fiestas y cócteles, en elecciones y en conferencias de prensa, pero nunca volveremos a estar como hoy. Ha sido genial haber hecho el amor de esa manera y terminar igual que empezamos: totalmente entregados el uno al otro. Yo sabía que era la última vez; él, no, pero no podía decir nada.

—¿Qué hago con esto?

Tíralo a la basura. Me costó una pequeña fortuna, pero tíralo a la basura. Así me liberas del vicio.

No le explico a qué vicio me refiero realmente. Tiene un nombre: Jacob König.

Veo su expresión de sorpresa y sonrío. Me despido con tres besos en las mejillas y me voy. En la antesala, me dirijo a su asistente y digo adiós. Él desvía la mirada, finge que está concentrado en un montón de papeles y apenas murmura una despedida.

Cuando ya estoy en la acera, llamo a mi marido y le digo que prefiero pasar la Nochevieja en casa con los niños. Si quiere ir de viaje, que sea en Navidad.

—¿Vamos a dar una vuelta antes de cenar?

Asiento con la cabeza, pero no me muevo. Observo atentamente el parque frente al hotel, y más allá, el Jungfrau, perpetuamente cubierto de nieve, iluminado por el sol de la tarde.

El cerebro humano es fascinante: olvidamos un olor hasta que volvemos a olerlo, borramos una voz de la memoria hasta que volvemos a oírla, e incluso las emociones que parecían enterradas para siempre pueden volver a despertarse al regresar al mismo lugar.

Viajo hacia atrás en el tiempo, hasta cuando fuimos a Interlaken por primera vez. En aquel momento nos alojamos en un hotel barato, íbamos de un lago a otro varias veces, y siempre era como si descubriésemos un nuevo camino. Mi marido iba a correr en esa locura de maratón, con gran parte de su recorrido por la montaña. Estaba orgullosa de su espíritu de aventura, de su afán para conquistar lo imposible, de su ánimo para exigirle cada vez más a su cuerpo.

No era el único loco que lo hacía: había personas de todas partes del mundo, los hoteles estaban llenos, y la gente confraternizaba en los numerosos bares y restaurantes de la pequeña ciudad de cinco mil habitantes. No tengo ni idea de cómo es Interlaken en el otoño, pero desde mi ventana parece más vacía, más distante.

Esta vez nos alojamos en el mejor hotel. Tenemos una bonita suite. Sobre la mesa hay una tarjeta del director, dándonos la bienvenida e invitándonos a una botella de champán, que ya nos hemos bebido.

Me llama. Vuelvo a la realidad y bajamos a dar un paseo por las calles antes de que anochezca.

Si me pregunta si va todo bien, le mentiré, porque no puedo chafarle la alegría. Pero la verdad es que las heridas de mi corazón están tardando en cicatrizar. Se acuerda del banco donde nos sentamos a tomar café una mañana y nos abordó una pareja de neohippies extranjeros para pedirnos dinero. Pasamos frente a una de las iglesias, suenan las campanas, me besa y yo a él, tratando de esconder a toda costa lo que siento.

No caminamos de la mano por culpa del frío, los guantes me agobian. Vamos hasta la estación de tren. Nos detenemos en un bar acogedor y bebemos un poco. Él compra el mismo recuerdo que la última vez, un mechero con el símbolo de la ciudad. En aquella época, fumaba y corría maratones.

Ahora ya no fuma y piensa que su capacidad pulmonar disminuye cada día. Siempre jadea al caminar deprisa, y aunque trató de disimularlo, me di cuenta de que estaba más cansado de lo habitual cuando fuimos a correr por el lago, en Nyon.

Mi teléfono suena. Tardo una eternidad en encontrarlo dentro del bolso. Cuando lo encuentro, la persona ya ha colgado. En la pantalla, el aviso de llamada perdida me muestra que era mi amiga, la que tuvo depresión y, gracias a las pastillas, hoy es una persona feliz.

—Si quieres devolverle la llamada, no me importa.

Le pregunto por qué debería devolvérsela. ¿No te hace feliz mi compañía? ¿Quieres verte interrumpido por alguien que no tiene nada mejor que hacer que pasarse horas al teléfono, con conversaciones absolutamente irrelevantes?

Él también se enfada conmigo. Tal vez sea el efecto de la botella de champán sumada a las dos copas de ginebra que acabamos de tomar. Su enfado me tranquiliza y me hace sentir más a gusto: camino al lado de un ser humano con emociones y sentimientos.

Qué rara es Interlaken sin el maratón, comento. Parece una ciudad fantasma.

—Aquí no hay pistas de esquí.

Ni podría haberlas. Estamos en medio de un valle, con altas montañas a ambos lados y los lagos en los extremos.

Pide otros dos vasos más de ginebra. Sugiero que vayamos a otro bar, pero está decidido a combatir el frío con la bebida. Hace mucho tiempo que no bebemos.

—Sé que solo han pasado diez años, pero cuando estuvimos aquí la primera vez, yo era joven. Tenía ambiciones, me gustaban los espacios abiertos y no me dejaba intimidar por lo desconocido. ¿Habré cambiado mucho?

Solo tienes treinta años. ¿Eres un viejo?

No responde. Apura la bebida de un solo trago y se queda mirando al vacío. Ya no es el marido perfecto y, por extraño que parezca, eso me hace feliz.

Salimos del bar y volvemos al hotel. De camino hay un restaurante bonito y agradable, pero ya hemos hecho la reserva en otro lugar. Todavía es muy temprano, en el horario pone que la cena se sirve a partir de las siete.

—Vamos a tomar otra ginebra.

¿Quién es este hombre que tengo a mi lado? ¿Ha despertado Interlaken recuerdos perdidos y se ha abierto la caja de los horrores?

No digo nada. Y empiezo a tener miedo.

Le pregunto si debemos cancelar la reserva en el restaurante italiano y cenar aquí.

—Da igual

¿Da igual? ¿Acaso siente él ahora en sus carnes todo por lo que pasé cuando pensaba que estaba deprimida?

A mí no «me da igual». Quiero ir al restaurante que habíamos reservado. El mismo en

115

el que nos hicimos promesas de amor.

—Este viaje ha sido una mala idea. Prefiero volver mañana. Tenía la mejor intención: revivir el amanecer de nuestro amor. Pero ¿es eso posible? Por supuesto que no. Somos adultos. Ahora vivimos bajo una presión que antes no existía. Tenemos que mantener los recursos básicos de educación, salud, alimentación. Tratamos de divertirnos los fines de semana porque es lo que todo el mundo hace y, como no nos apetece salir de casa, pensamos que nos pasa algo.

A mí nunca me apetece. Prefiero estar sin hacer nada.

—Yo también. Pero ¿y nuestros hijos? Ellos quieren algo más. No podemos dejarlos encerrados con sus ordenadores. Son demasiado jóvenes para eso. Entonces nos esforzamos por llevarlos a algún sitio, hacemos las mismas cosas que nuestros padres hacían con nosotros y que nuestros abuelos hacían con nuestros padres. Una vida *normal*. Somos una familia emocionalmente estructurada. Si uno necesita ayuda, el otro está siempre dispuesto a hacer lo posible y lo imposible.

Entiendo. Como viajar a un lugar lleno de recuerdos, por ejemplo.

Otro vaso de ginebra. Permanece un rato en silencio antes de responder a mi comentario.

—Eso es. Pero ¿crees que los recuerdos pueden llenar el presente? Todo lo contrario, me ahogan. Estoy descubriendo que ya no soy la misma persona. Hasta que llegué aquí y me tomé la botella de champán, todo iba bien. Ahora me doy cuenta de que estoy lejos de vivir como soñaba la primera vez que vine a Interlaken.

Y ¿qué soñabas?

—Eran tonterías. Aun así, era mi sueño. Y podría haberlo realizado.

Y ¿cuál era?

—Vender todo lo que tenía en aquel momento, comprar un barco y recorrer el mundo contigo. Mi padre se pondría furioso por no haber seguido sus pasos, pero no tendría la menor importancia. Iríamos parando en los puertos, haciendo trabajos esporádicos para conseguir el dinero suficiente para seguir adelante, y tan pronto como lo reuniésemos, zarparíamos de nuevo. Estar con gente que nunca hemos visto y descubrir lugares que no aparecen en las guías de viajes. Aventura. Mi único deseo era a-ven-tu-ra.

Pide otra copa de ginebra y se la bebe con una rapidez nunca vista. Dejo de beber, porque empiezo a estar mareada; hasta ahora no hemos comido nada. Me gustaría decirle que, si hubiese realizado su sueño, yo habría sido la mujer más feliz del mundo. Pero es mejor no decirlo para que no se sienta peor.

—Entonces llegó el primer hijo.

¿Y? Debe de haber millones de parejas con niños que hacen exactamente lo que él ha sugerido.

Reflexiona un poco.

—Yo no diría millones. Puede que miles.

Sus ojos cambian, ya no muestran agresividad, sino tristeza.

—Hay momentos en los que nos detenemos para analizarlo todo: nuestro pasado y nuestro presente. Lo que hemos aprendido y las veces que nos equivocamos. Siempre he temido esos momentos. Puedo engañarlos diciendo que tomé las mejores decisiones, pero que requiere un poco de sacrificio por mi parte. Nada serio.

Sugiero que caminemos un poco. Sus ojos empiezan a estar raros, sin brillo.

Él da un golpe en la mesa. La mujer del restaurante mira asustada y le pido otra copa de ginebra para mí. Me dice que no. Es hora de cerrar el bar porque dentro de un rato empiezan las cenas. Y trae la cuenta.

Por un momento pienso que mi marido va a protestar. Pero se limita a sacar la cartera y lanza un billete sobre la barra. Me coge de la mano y salimos al frío.

116

—Me temo que, si pienso demasiado en lo que podría haber sido y no fue, voy a caer en un agujero oscuro...

Conozco esa sensación. Hablamos de ello en el restaurante, cuando le abrí mi alma.

Él parece no escucharme.

—... allá en el fondo me voy a encontrar una voz diciéndome que nada de esto tiene sentido. El universo ya existía hace miles de millones de años, seguirá existiendo después de morir tú. Vivimos en una partícula microscópica de un misterio gigante, seguimos sin respuestas a nuestras preguntas de la infancia: ¿hay vida en otros planetas? Si Dios es bueno, ¿por qué permite el sufrimiento y el dolor de los demás? Cosas como esas. Y, lo que es peor, el tiempo sigue pasando. A menudo, sin motivo aparente, siento un inmenso temor. A veces es cuando estoy en el trabajo, en el coche, cuando meto a los niños en la cama. Los veo con cariño y miedo: ¿qué será de ellos? Viven en un país que nos da seguridad y tranquilidad; ¿y el futuro?

Sí, entiendo a qué te refieres. Supongo que no somos los únicos que piensan así.

—Entonces te veo preparando el desayuno o la cena, y de vez en cuando pienso que dentro de cincuenta años, o menos, uno de los dos dormirá solo en la cama, llorando todas las noches porque un día fuimos felices. Los niños estarán lejos, criados. El que haya sobrevivido estará enfermo y necesitará la ayuda de extraños.

Se calla y seguimos caminando en silencio. Pasamos junto a un cartel que anuncia una fiesta de fin de año. Le da una patada con violencia. Dos o tres transeúntes nos miran.

—Disculpa. No quería decirte todo eso. Te he traído aquí para que te sientas mejor sin la presión que sufrimos todos los días. La culpa es de la bebida.

Estoy estupefacta.

Pasamos junto a un grupo de chicas y chicos que charlan animadamente entre latas de cerveza esparcidas por todas partes. Mi marido, normalmente serio y tímido, se acerca y los invita a beber un poco más.

Los jóvenes lo miran asustados. Les pido disculpas, les doy a entender que estamos borrachos y que una gota más de alcohol podría causar una catástrofe. Lo agarro del brazo y seguimos adelante.

¡Cuánto tiempo hace que no hacía algo así! Siempre es él el protector, el que ayudaba, el que resolvía los problemas. Hoy soy yo la que trata de evitar que resbale y se caiga. Su estado de ánimo cambia de nuevo, ahora canta una canción que no conozco, tal vez una canción típica de la región.

Al acercarnos a la iglesia, las campanas vuelven a sonar.

Es una buena señal, digo.

—Oigo las campanas, hablan de Dios. Pero ¿estará Dios escuchándome? Apenas pasamos de los treinta años y ya no nos apasiona la vida. Si no fuera por nuestros hijos, ¿cuál sería el sentido de todo esto?

Me dispongo a decirle algo. Pero no tengo respuesta. Llegamos al restaurante en el que nos hicimos las primeras promesas de amor y la cena es deprimente, a la luz de las velas, en una de las ciudades más bellas y más caras de Suiza.

Cuando me despierto, es de día. He dormido un sueño sin sueños, y no me he despertado en mitad de la noche. Miro el reloj: las nueve de la mañana.

Mi marido sigue dormido. Voy al baño, me cepillo los dientes, pido un desayuno para dos. Me pongo la bata y me acerco a la ventana para pasar el tiempo mientras no llega el servicio de habitaciones.

En ese momento me doy cuenta de una cosa: ¡el cielo está lleno de parapentes! La gente aterriza en el parque frente al hotel. Principiantes, la mayoría no van solos, sino que llevan un monitor detrás, pilotando.

¿Cómo pueden hacer una locura así? ¿Hemos llegado hasta el punto de que arriesgar la vida es lo único que nos libra del hastío?

Aterriza otro parapente. Y otro. Los amigos lo filman todo, sonriendo alegres. Me pregunto cómo será la vista desde allí arriba, porque las montañas que nos rodean son muy muy altas.

Aunque siento una gran envidia de toda esa gente, nunca tendría el valor para saltar.

Suena el timbre. El camarero entra con una bandeja de plata, un jarrón con una rosa, café (para mi marido), té (para mí), cruasanes, tostadas calientes, pan de centeno, mermeladas de distintos sabores, huevos, zumo de naranja, el periódico local y todo lo que nos hace felices.

Lo despierto con un beso. No recuerdo cuándo fue la última vez que lo hice. Él se sobresalta, pero enseguida sonríe. Nos sentamos a la mesa y disfrutamos de cada una de las delicias que tenemos delante. Hablamos un poco acerca de la borrachera de ayer.

—Creo que lo necesitaba. Pero no te tomes demasiado en serio mis comentarios. Cuando explota un globo, todo el mundo se asusta, pero no deja de ser un globo que explota. Inofensivo.

Me apetece decirle que me sentó muy bien descubrir todas sus debilidades, pero me limito a sonreír y sigo comiendo mi cruasán.

Él descubre también los parapentes. Sus ojos brillan. Nos vestimos y bajamos para aprovechar la mañana.

Vamos directamente a recepción. Dice que nos vamos hoy, les pide que bajen las maletas y paga la cuenta.

¿Seguro? ¿No podemos quedarnos hasta mañana por la mañana?

—Estoy seguro. La noche de ayer fue suficiente para comprender que es imposible volver atrás en el tiempo.

Nos dirigimos hacia la puerta, atravesando el largo vestíbulo con techo de cristal. Leí en uno de los folletos que antes allí había una calle, pero unieron los dos edificios que quedaban en aceras opuestas. Al parecer, el turismo aquí prospera, a pesar de no haber pistas de esquí.

Sin embargo, en vez de cruzar la puerta, gira a la izquierda y se dirige al conserje.

—¿Cómo podemos saltar?

¿Podemos? Yo no tengo la menor intención de hacerlo.

El conserje le entrega un folleto. Está todo ahí.

—Y ¿cómo llegamos hasta allí arriba?

El conserje le explica que no tenemos que ir hasta allí. La carretera es peligrosa. Solo hay que concretar la hora y vienen a buscarnos al hotel.

¿No es muy peligroso? ¿Saltar al vacío, entre dos cadenas montañosas, sin haberlo hecho antes? ¿Quiénes son los responsables? ¿Existe algún control gubernamental sobre los instructores y sus equipos?

—Señora, trabajo aquí desde hace diez años. Salto al menos una vez al año. Nunca he visto un accidente.

Sonríe. Seguro que ha repetido esa frase miles de veces en estos diez años.

—¿Vamos?

¿Cómo? ¿Por qué no vas tú solo?

—Puedo ir solo, por supuesto. Y tú me esperas aquí abajo con la cámara de fotos. Pero necesito y quiero vivir esta experiencia de vida. Siempre me ha aterrorizado. Ayer mismo hablábamos del momento en el que todo encaja y ya no ponemos a prueba nuestros límites. Fue una noche muy triste para mí.

Lo sé. Le pide al conserje que concierte una hora.

—¿Ahora por la mañana o por la tarde, para poder ver la puesta del sol reflejada en la nieve?

Ahora, respondo.

—¿Para una persona o para dos?

Dos, si es ahora. Si no me da tiempo a pensar en lo que voy a hacer. Si no me da tiempo a abrir la caja de la que saldrán los demonios para asustarme, el miedo a la altura, a lo desconocido, a la muerte, a la vida, a las sensaciones extremas. Ahora o nunca.

—Las opciones son vuelos de veinte minutos, de media hora y de una hora.

¿Hay vuelos de diez minutos?

No.

—¿Los señores quieren saltar desde 1.350 metros o desde 1.800 metros?

Empiezo a pensar en desistir. No necesito toda esa información. Por supuesto quiero el salto más bajo posible.

—Mi amor, eso no tiene el menor sentido. Estoy seguro de que no va a pasar nada, pero si pasase, el peligro es el mismo. Caer desde veintiún metros, el equivalente a una séptima planta de un edificio, tendría las mismas consecuencias.

El conserje se ríe. Yo me río para ocultar mis sentimientos. Qué ingenua he sido al pensar que unos míseros quinientos metros supondrían alguna diferencia.

El conserje coge el teléfono y habla con alguien.

—Solo hay sitio en los saltos de 1.350 metros.

Más absurdo que el miedo que he sentido hace un momento es el alivio que experimento ahora. ¡Qué bien!

El coche estará en la puerta del hotel dentro de diez minutos.

Estoy ante el abismo con mi marido y otras cinco o seis personas más, esperando mi turno. De camino hacia aquí, he pensado en mis hijos y en la posibilidad de que pierdan a sus padres... Entonces me he dado cuenta de que no vamos a saltar juntos.

Nos ponemos ropa térmica especial y los cascos. ¿Para qué el casco? ¿Para descender más de mil metros hasta el suelo con el cráneo intacto, si chocamos con una roca?

—El casco es obligatorio.

Perfecto. Me pongo el casco, igual que el de los ciclistas que andan por las calles de Ginebra. Me parece una estupidez, pero no voy a discutir.

Miro al frente: entre el abismo y nosotros aún hay una pendiente cubierta de nieve. Puedo interrumpir el vuelo en el primer segundo, bajamos ahí y subimos a pie. Nadie me obliga a llegar hasta el final.

Nunca he tenido miedo a volar en avión. Siempre han formado parte de mi vida. Lo que pasa es que, cuando nos subimos, no se nos ocurre que es exactamente lo mismo que saltar en parapente. La única diferencia es que la cápsula metálica parece un escudo y nos da la sensación de estar protegidos. Nada más.

¿Eso es todo? Al menos, con mi escaso conocimiento de las leyes de la aerodinámica, supongo que sí.

Tengo que convencerme. Necesito un argumento mejor.

El mejor argumento es el siguiente: el avión está hecho de metal. Es muy pesado. Y lleva maletas, personas, equipos, toneladas de combustible explosivo. El parapente, a su vez, es ligero, baja con el viento, obedece a las leyes de la naturaleza, como la hoja que cae de un árbol. Tiene mucho más sentido.

—¿Quieres ir tú primero?

Sí. Porque si me pasa algo, lo sabrás y cuidarás de nuestros hijos. Además, te sentirás culpable el resto de tu vida por haber tenido esta idea tan descabellada. Me recordarán como la compañera para todo, que siempre estuvo al lado de su marido, en el dolor y en la alegría, en la aventura y en la rutina.

—Estamos preparados, señora.

Pero ¿eres tú el instructor? ¿No eres demasiado joven para esto? Prefiero ir con vuestro jefe, al fin y al cabo, es mi primera vez.

—Salto desde que alcancé la edad permitida, los dieciséis años. Llevo cinco años saltando, y no solo desde aquí, sino en diferentes lugares del mundo. No se preocupe, señora.

Su tono condescendiente me molesta. Los mayores y sus temores deberían ser respetados. Por otra parte, seguro que le dice lo mismo a todo el mundo.

—Recuerde las instrucciones. Y cuando empecemos a correr, no se detenga. Yo me encargo del resto.

Instrucciones. Parece que estamos familiarizados con todo esto, pero lo único que se han molestado en decirnos es que el riesgo está en dejar de correr a mitad de camino. Y que cuando lleguemos a tierra, debemos seguir caminando hasta que notemos que nuestros pies pisan firmemente sobre el suelo.

Mi sueño: los pies en el suelo. Me acerco a mi marido y le pido que salte el último, así podrá ver cómo me ha ido.

—¿Quiere llevar la cámara? —pregunta el instructor.

Se puede acoplar la cámara en el extremo de un bastón de aluminio de unos sesenta centímetros. No, no quiero. Para empezar, no estoy haciendo esto para enseñárselo a los demás. Además, si logro superar el pánico, estaré más preocupada por grabar que por admirar el paisaje. Eso lo aprendí de mi padre, cuando era adolescente: fuimos a hacer una ruta por el Matterhorn y yo me paraba a cada momento para sacar fotos. Hasta que se enfadó: «¿Piensas que toda esta belleza y grandeza caben en un fotograma? Graba las cosas en tu corazón. Es más importante que tratar de enseñarle a la gente lo que estás viviendo».

Mi compañero de vuelo, desde su gran sabiduría de veintiún años, empieza a sujetar las cuerdas a mi cuerpo usando grandes mosquetones de aluminio. La silla está unida al parapente; yo voy delante, y él detrás. Aún puedo echarme atrás, pero ya no soy yo. Estoy totalmente bloqueada.

Nos colocamos en posición, mientras el veterano de veintiún años y el jefe de equipo intercambian opiniones sobre el viento.

Se amarra también a la silla. Puedo sentir su respiración detrás de mi cabeza. Miro hacia atrás y no me gusta lo que veo: sobre la nieve blanca hay una hilera de telas de colores tendidas en el suelo, con gente agarrada a ellas.

Al final está mi marido, también con el casco de ciclista puesto. Supongo que no ha tenido elección y tiene que saltar dos o tres minutos después que yo.

—Preparados. Empiece a correr.

No me muevo.

—Vamos. Empiece a correr.

Le explico que no quiero quedarme mucho tiempo en el aire. Quiero bajar lentamente. Cinco minutos de vuelo son más que suficientes para mí.

—Cuéntemelo mientras volamos. Por favor, hay gente a la cola. Tenemos que saltar ya.

Como ya no tengo voluntad propia, sigo sus órdenes. Empiezo a correr hacia el vacío.

—Más rápido.

Acelero, las botas térmicas salpican nieve por todas partes. En realidad no soy yo la que corre, sino un robot que obedece a comandos de voz. Me pongo a gritar, no de miedo ni de emoción, sino por instinto. Vuelvo a ser una mujer de las cavernas, como dijo el cubano. Les tenemos miedo a las arañas, a los insectos y gritamos en situaciones como esta. Siempre gritamos.

De repente mis pies se separan del suelo, me aferro con todas mis fuerzas a las correas que me sujetan a la silla y dejo de gritar. El instructor sigue corriendo durante unos segundos y, acto seguido, ya no caminamos en línea recta.

Es el viento el que controla nuestras vidas.

Durante el primer minuto no abro los ojos, así no soy consciente de la altura, de las montañas, del peligro. Trato de imaginar que estoy en casa, en la cocina, contándoles a los niños una historia ocurrida durante nuestro viaje; tal vez sobre la ciudad, tal vez sobre la habitación del hotel. No puedo contarles que su padre bebió tanto que llegó a caerse cuando volvíamos al hotel a acostarnos. No puedo decirles que me arriesgué a volar, porque también querrán hacerlo. O peor: pueden tratar de volar solos, tirándose desde el primer piso de nuestra casa.

Entonces me doy cuenta de mi estupidez: ¿por qué estar con los ojos cerrados? Nadie me ha obligado a saltar. «Llevo aquí muchos años y nunca he visto un accidente», ha dicho el conserje.

Abro los ojos.

Y lo que veo, lo que siento, es algo que nunca voy a ser capaz de describir con precisión. Allá abajo se encuentra el valle que une los dos lagos, con la ciudad en el centro. Estoy volando, libre en el espacio, sin ningún ruido, porque seguimos el viento, navegando en círculos. Las montañas que nos rodean ya no parecen tan altas ni amenazantes, sino amigas vestidas de blanco, con el sol brillando por todos lados.

Mis manos se relajan, suelto las correas y abro los brazos como un pájaro. El hombre que va detrás de mí debe de darse cuenta de que soy otra persona y, en lugar de seguir bajando, empieza a subir, utilizando las invisibles corrientes de aire caliente existentes en lo que antes parecía una atmósfera absolutamente homogénea.

Por delante de nosotros va un águila, navegando el mismo océano, usando sus alas sin esfuerzo para controlar su misterioso vuelo. ¿Adónde vas? ¿O simplemente se estará divirtiendo, disfrutando de la vida y de la belleza de todo cuanto la rodea?

Parece que me comunico telepáticamente con el águila. El instructor de vuelo la sigue, ella es nuestra guía. Nos enseña por dónde tenemos que pasar para subir cada vez más, hacia el cielo, volando para siempre. Tengo la misma sensación que aquel día en Nyon, cuando me imaginé corriendo hasta que mi cuerpo no podía más.

Y el águila me dice: «Ven. Eres el cielo y la tierra, el viento y las nubes; la nieve y los lagos».

Es como si estuviera en el vientre de mi madre, completamente segura y protegida, experimentando cosas por primera vez. Me falta poco para nacer, para convertirme otra vez en un ser humano que camina con dos pies sobre la faz de la Tierra. Por el momento, sin embargo, todo lo que hago es estar en este vientre sin ofrecer resistencia alguna, dejándome llevar a donde sea.

Soy libre.

Sí, soy libre. Y el águila tiene razón, soy las montañas y los lagos. No tengo pasado, presente ni futuro. Estoy descubriendo lo que la gente llama *eternidad*.

Por una fracción de segundo pienso: «¿Tendrán todos los que saltan la misma sensación?». Y ¿qué importa? No quiero pensar en los demás. Estoy flotando en la eternidad. La naturaleza habla conmigo como si fuera su querida hija. La montaña me dice: «Tienes mi fuerza». Los lagos me dicen: «Tienes mi paz y mi calma». El sol me aconseja: «Brilla como yo, déjate llevar. Escucha».

Entonces empiezo a escuchar esas voces que durante tanto tiempo estaban ahogadas dentro de mí por los pensamientos repetitivos, la soledad, por los terrores nocturnos, el miedo a los cambios y el miedo a que todo siguiese igual. Cuanto más subimos, más me alejo de mí misma.

Estoy en otro mundo, donde las cosas encajan perfectamente. Lejos de esa vida con tantas cosas que hacer, deseos imposibles, sufrimiento y placer. No tengo nada y lo soy todo.

El águila se dirige hacia el valle. Con los brazos abiertos, imito el movimiento de sus alas. Si alguien pudiera verme ahora mismo, no sabría quién soy, porque soy luz, espacio y tiempo. Estoy en otro mundo.

Y el águila me dice: «Esto es la eternidad».

En la eternidad, no existimos, solo somos un instrumento de la Mano que creó las montañas, la nieve, los lagos y el sol. Volví atrás en el tiempo y en el espacio, al momento en el que se está creando todo y las estrellas van en direcciones opuestas. Quiero servir a esa Mano.

Me surgen varias ideas y desaparecen sin cambiar lo que siento. Mi mente ha dejado mi cuerpo y se funde con la naturaleza. ¡Ah, lástima que el águila y yo bajaremos hasta el parque enfrente del hotel! Pero ¿qué importa lo que va a pasar en el futuro? Estoy aquí, en este vientre materno, hecho de todo y de nada.

Mi corazón llena cada rincón del universo. Trato de explicarme todo eso con palabras, trato de encontrar una manera de recordar lo que siento en este momento, pero esos pensamientos desaparecen y el vacío vuelve a llenarlo todo.

¡Mi corazón!

Antes veía un gigantesco universo a mi alrededor; ahora el universo parece un pequeño punto dentro de mi corazón, que se expandió infinitamente, como el espacio. Un instrumento. Una bendición. Mi mente se esfuerza por mantener el control y explicar al menos parte de lo que estoy sintiendo, pero el poder es más fuerte.

Poder. La sensación de Eternidad me proporciona la misteriosa sensación de poder. Puedo hacer cualquier cosa, incluso acabar con el sufrimiento del mundo. Estoy volando y hablando con los ángeles, oyendo voces y revelaciones que pronto serán olvidadas, pero que en este momento son tan reales como el águila que tengo delante. Nunca seré capaz de explicar lo que siento, ni siquiera a mí misma, pero ¿qué importa? Eso es el futuro, ni siquiera he llegado allí, estoy en el presente.

La mente racional desaparece de nuevo, y lo agradezco. Venero mi enorme corazón, lleno de luz y de poder, que puede abarcar todo lo que ha sucedido y lo que sucederá a partir de ahora hasta el final de los tiempos.

Por primera vez oigo algo: perros ladrando. Nos estamos acercando al suelo y vuelve la realidad. Muy pronto pisaré el planeta donde vivo, pero he experimentado todos los planetas y todos los soles con todo mi corazón, que era más grande que todo.

Quiero permanecer en este estado, pero empiezo a pensar. Veo el hotel a la derecha. Los lagos quedan ocultos por los bosques y pequeñas elevaciones.

Dios mío, ¿no puedo quedarme así para siempre?

«No se puede», dice el águila, que nos ha traído hasta el parque en el que vamos a aterrizar dentro de un momento, y ahora se despide porque ha encontrado una nueva corriente de aire caliente, vuelve a subir sin el menor esfuerzo, sin batir las alas, solo controlando el viento con las plumas. «Si permanecieses así para siempre, no podrías vivir en el mundo», dice.

¿Y qué? Empiezo a hablar con el águila, pero lo hago de manera racional, tratando de argumentar. ¿Cómo puedo vivir en el mundo después de haber pasado por lo que he pasado en la Eternidad?

«Inténtalo», responde el águila, pero ya casi no la oigo. Entonces se aleja, para siempre, de mi vida.

El monitor susurra algo, me recuerda que tengo que echar otra carrerita en cuanto mis pies toquen el suelo.

Veo la hierba delante de mí. Aquello que tanto anhelaba antes, llegar a tierra firme, ahora se convierte en el final de algo.

¿De qué exactamente?

Mis pies tocan el suelo. Corro un poco y enseguida el instructor controla el parapente. A continuación, se acerca y me quita las correas. Me mira. Yo miro al cielo. Todo lo que veo son otros parapentes de colores, acercándose.

Me doy cuenta de que estoy llorando.

—¿Está bien?

Me doy cuenta de que, aunque repita el salto, no voy a sentir lo mismo.

—¿Se encuentra usted bien?

Asiento con la cabeza. No sé si entiende lo que he vivido.

Sí, lo entiende. Me comenta que, una vez al año, vuela con alguien que reacciona como yo.

—Cuando les pregunto qué pasa, no pueden explicarlo. A mis amigos les sucede lo mismo: algunas personas parece que entran en estado de shock y no se recuperan hasta que vuelven a poner el pie en tierra.

Es exactamente al contrario. Pero no estoy dispuesta a explicarle nada.

Le agradezco las palabras de «apoyo». Me gustaría decirle que no quiero que se acabe lo que sentí allí arriba. Pero descubro que ya se ha acabado, y no tengo la obligación de explicarle nada a nadie. Me alejo y voy a sentarme en uno de los bancos del parque, a esperar a mi marido.

No puedo dejar de llorar. Aterriza, se acerca a mí con una gran sonrisa, dice que ha sido una experiencia fantástica. Sigo llorando. Me abraza, dice que ya está, que no debería haberme obligado a hacer algo que no quería.

No es eso, le digo. Déjame, por favor. Dentro de un rato se me pasará.

Alguien del equipo de apoyo viene a recoger la ropa y los zapatos térmicos y nos devuelve los abrigos. Lo hago todo en piloto automático, pero cada gesto mío me devuelve a un mundo diferente, al que llamamos *real* y en el que no querría estar bajo ningún concepto.

Sin embargo, no tengo elección. Lo único que puedo hacer es pedirle a mi marido que me deje un rato a solas. Me pregunta si vamos al hotel, porque hace frío. No, estoy bien aquí.

Me quedo allí una media hora, llorando. Lágrimas de bendición, que lavan mi alma. Por fin me doy cuenta de que es hora de volver al mundo.

Me levanto, voy al hotel, cogemos el coche y mi marido conduce de vuelta a Ginebra. La radio está encendida, así nadie se ve obligado a hablar. Poco a poco empiezo a sentir un fuerte dolor de cabeza, pero sé lo que es: la sangre vuelve a correr por partes que estaban bloqueadas por los acontecimientos que se van disolviendo. El momento de liberación viene acompañado de dolor, pero siempre ha sido así.

Él no tiene que explicarme lo que dijo ayer. No es necesario que yo le explique lo que he sentido hoy.

El mundo es perfecto.

Falta solo una hora para terminar el año. La alcaldía decidió hacer un recorte considerable en los gastos de la tradicional fiesta de Nochevieja de Ginebra, así que vamos a disfrutar de menos fuegos artificiales. Mejor así: he visto fuegos a lo largo de toda mi vida y ya no me despiertan la misma emoción que cuando era niña.

No puedo decir que vaya a echar de menos estos trescientos sesenta y cinco días. Ha habido mucho viento, han caído rayos, el mar ha estado a punto de volcar mi barco, pero al final he logrado cruzar el océano y llegar a tierra firme.

¿Tierra firme? No, ninguna relación puede pretender eso. Lo que mata una relación entre dos personas es precisamente la falta de desafíos, la sensación de que ya no hay nada nuevo. Tenemos que seguir siendo una sorpresa el uno para el otro.

Todo empieza con una gran fiesta. Vienen los amigos, el oficiante dice una serie de cosas que ya les ha repetido a los cientos de matrimonios que ha celebrado, como la idea de construir una casa sobre roca y no sobre arena, los invitados nos lanzan arroz. Lanzamos el ramo, las mujeres solteras nos envidian en secreto; las casadas saben que estamos iniciando un camino que no es como el que leemos en los cuentos de hadas.

Y entonces la realidad se va instalando poco a poco, pero no la aceptamos. Queremos que nuestra pareja siga siendo exactamente igual que la persona que nos acompañaba en el altar y con la que nos intercambiamos los anillos. Como si pudiéramos detener el tiempo.

No podemos. No debemos. La sabiduría y la experiencia no transforman al hombre. Lo único que nos transforma es el amor. Mientras estaba en el aire comprendí que mi amor por la vida, por el universo, era más poderoso que cualquier cosa.

Recuerdo un sermón que un joven pastor desconocido escribió en el siglo XIX, analizando la epístola de san Pablo a los corintios y las diversas caras que el amor va revelando a medida que crece. Nos dice que muchos de los textos espirituales que vemos hoy se dirigen solo a una parte del hombre.

Ofrecen Paz, pero no hablan de la Vida.

Discuten la Fe, pero se olvidan del Amor.

Hablan de la Justicia y no mencionan la Revelación, como la que tuve al saltar al abismo en Interlaken y que me hizo salir del agujero negro que yo misma había cavado en mi alma.

Espero tener siempre claro que solo el Amor Verdadero puede competir con cualquier otro amor de este mundo. Cuando lo damos todo, no tenemos nada que perder. Y entonces desaparecen el miedo, los celos, el hastío y la rutina, y solo queda la luz de un vacío que no nos asusta, sino que nos acerca el uno al otro. Una luz que siempre cambia, y eso es lo que la hace hermosa, llena de sorpresas; no siempre las que esperamos, sino aquellas con las que podemos vivir.

Amar abundantemente es vivir abundantemente.

Amar para siempre es vivir para siempre. La vida Eterna está vinculada al Amor.

¿Por qué queremos vivir para siempre? Porque queremos vivir un día más con la persona que está a nuestro lado. Porque queremos seguir con alguien que merezca nuestro amor y que sepa amarnos como nos merecemos.

Porque vivir es amar.

Incluso el amor por una mascota, un perro, por ejemplo, puede justificar la vida de un ser humano. Si ese vínculo de amor con la vida deja de existir, también dejarían de existir las razones para seguir viviendo.

Busquemos primero el Amor y el resto vendrá añadido.

Durante estos diez años de matrimonio, he disfrutado de casi todos los placeres que una mujer puede tener, y he sufrido cosas que no merecía. Aun así, al mirar al pasado, quedan unos pocos momentos, por lo general muy cortos, en los que podría haber hecho una mala imitación de lo que supongo que es el Amor Verdadero: cuando vi a mis hijos nacer, sentada y de la mano de mi marido, viendo los Alpes o el enorme chorro de agua del lago Lemán. Pero son esos escasos momentos los que justifican mi existencia, porque me dan fuerza para seguir adelante y alegran mis días, por más que yo haya tratado de entristecerlos.

Me acerco a la ventana y veo la ciudad allá fuera. La nieve que habían prometido no cayó. Aun así, creo que este es uno de los fines de año más románticos de mi vida, porque me estaba muriendo y el Amor me resucitó. El Amor, lo único que quedará cuando la propia raza humana se haya extinguido.

El Amor. Mis ojos se llenan de lágrimas de alegría. Nadie puede obligarse a amar, y tampoco se puede obligar a otra persona a hacerlo. Todo lo que uno puede hacer es mirar el Amor, enamorarse de él, e imitarlo.

No hay otra manera de conseguir amar y no hay ningún misterio en ello. Amamos a los demás, nos amamos a nosotros mismos, amamos a nuestros enemigos, y eso hará que nunca nos falte de nada en nuestras vidas. Puedo encender el televisor y ver lo que está sucediendo en el mundo porque, si en cada una de esas tragedias hay un poco de Amor, nos dirigimos hacia la salvación. Porque el Amor genera más Amor.

El que sabe amar, ama la Verdad, se alegra con la Verdad, no la teme, porque tarde o temprano ella nos libera de todo. Busca la Verdad con una mente limpia, humilde, sin prejuicios ni intolerancia, y acaba satisfecho con lo que encuentra.

Tal vez la palabra *sinceridad* no es la mejor para explicar esa característica del Amor, pero no puedo encontrar otra. No me refiero a la sinceridad que humilla al prójimo; el Amor Verdadero no consiste en exponer tu debilidad ante los demás, sino en no tener miedo de demostrarla cuando se necesita ayuda y en alegrarse al ver que las cosas son mejores de lo que nos decían.

Pienso con cariño en Jacob y en Marianne. Sin querer, me devolvieron a mi marido y a mi familia. Espero que sean felices esta última noche del año. Que todo esto también los haya acercado más.

¿Acaso trato de justificar mi adulterio? No. Busqué la Verdad y la encontré. Espero que sea así para todos los que han tenido una experiencia como esa.

Saber amar mejor.

Ese debe ser nuestro objetivo en el mundo: aprender a amar.

La vida nos ofrece miles de oportunidades para aprender. Cada hombre y cada mujer, cada día, tienen siempre una gran oportunidad de entregarse al Amor. La vida no es un largo festivo, sino un aprendizaje constante.

Y la lección más importante es aprender a amar.

Amar cada vez mejor. Porque desaparecerán las lenguas, las profecías, los países, la sólida Confederación Helvética, Ginebra y la calle donde vivo, las farolas, la casa en la que estoy ahora, los muebles de la sala... y también desaparecerá mi cuerpo.

Pero hay una cosa que quedará para siempre marcada en el alma del universo: mi amor. A pesar de los errores, de las decisiones que hicieron sufrir a los demás, de los momentos en los que pensé que no existía.

Me aparto de la ventana, llamo a los niños y a mi marido. Les digo que, como manda la tradición, tenemos que subirnos al sofá frente a la chimenea y, a medianoche, pisar en el suelo con el pie derecho.

—¡Amor mío, está nevando!

Me acerco corriendo a la ventana, me fijo en la luz de una de las farolas. ¡Sí, está nevando! ¿Cómo no me había dado cuenta antes?

—¿Podemos salir? —pregunta uno de los niños.

Aún no. Primero nos subiremos al sofá, comeremos doce uvas y guardaremos las pepitas para tener prosperidad todo el año, y haremos todo lo que hemos aprendido de nuestros antepasados.

Después saldremos a celebrar la vida. Estoy segura de que el nuevo año será excelente.

Ginebra, 30 de noviembre de 2013